KB187328

宮本武蔵

미야모토 무사시

요시카와 에이지 대하소설

1

땅의 권

잇북
it BOOK

저자의 말

미야모토 무사시宮本武蔵가 걸어온 생애는 번뇌와 투쟁의 생애였다고 할 수 있을 것이다. 물론 세대는 다르지만 그 두 가지 점에서는 현대인도 아직 같은 고뇌를 벗어던지지는 못했다.

그러나 무사시가 산 시대는 애초에 적나라한 투쟁의 사회였다. 그리고 당연히 누구나 갖고 있는 본능의 모습 그대로 고민하고, 발버둥치고, 울부짖고, 자신에게 주어진 숙명을 한 자루의 검으로 구체화하며 그 아수라장에서 구원받을 수 있는 '길'을 찾아 헤매었던 생명의 기록이 무사시 자체였다는 것에는 아무도 이견이 없을 것이다.

개개인의 인간이 태어나기 전부터 이미 짊어지고 있던 성욕과 육체의 해결이라는 과제가 문학에 있어서 중요한 요소라면 같은 위치에 있으면서 인간의 숙명이라고 할 수 있는 투쟁 본능의 근본을 규명해가는 것도 중요한 과제라 할 수 있다.

이 책의 주인공인 인간 무사시는 분명히 그 본능고本能苦와

싸운 인물이다. 실로 무한해 보이기까지 하는 숙명고宿命苦를 품은 우주가 그의 거처이고, 바늘 하나만도 못한 검은 그의 마음의 형상에 지나지 않는다. 그가 꿈꾸었던 것은 투쟁즉보리鬪爭卽菩提(투쟁은 곧 번뇌를 끊고 진리를 깨닫는 일), 투쟁즉시도鬪爭卽是道(투쟁은 곧 옳은 길을 가는 일)의 길에 지나지 않는다.

나는 영향을 두려워한다. 영향을 준다는 것에 대해 나는 겁쟁이다. 내가 도학자는 아니지만 그것을 떠올리면 마음이 불안해진다.

일개 소설도 때로는 독자의 생애를 좌우할 정도로 영향을 준다.

자신이 쓴 글이 문학이냐 아니냐는 문제보다도 독자에게 미칠 영향이 훨씬 중요하다. 그것이 자신의 문학에 대한 태도라고 할 수 있을 만큼.

나도 원래 처음부터 흥미 위주로 쓴 글에는 그렇게까지 결벽증을 보이지 않지만, 이 작품에는 특히 많은 고뇌가 따랐다.

오랫동안 이 작품을 매개로 나에게 쏟아진 독자들의 사랑을 생각하면 고민스럽지 않을 수가 없는 것이다.

한 예에 지나지 않지만 교토京都의 벚꽃 화가라 불리던 고 K. U씨는 생활고에 시달리다 못해 가족과 함께 동반자살하기로 마음먹은 날, 우연히 그날 석간에 실린 무사시가 아사마 산朝態山을 오르는 장면을 읽고 자살할 생각을 버렸다고 훗날 아사히의 T 학

예부장을 통해 나를 찾아와 말한 적이 있다.

수영선수인 후루하시 씨도, 장기 기사인 마스다 8단도, 이 작품의 어느 한 부분을 자신을 정진하는 데 활용했다는 이야기를 다른 사람의 입을 통해 듣기도 했다. 그럴 때마다 나는 기쁨과 보람을 느끼기도 하지만, 그 이상으로 고통과도 비슷한 자책을 느낀다.

앞에서 영향이란 말을 했는데 독자가 작가에게 주는 영향이라는 것도 있다. 혹은 언제부턴가 나도 독자에게 영향을 받고 있었는지도 모른다.

대중 속에 책상을 놓고, 대중의 정신생활과 함께하려는 문학의 업業은 고고孤高한 창밖으로 보이는 난을 사랑하는 것과 같을 수는 없는 것이 사실일 것이다. 정말로 그것이 구체화된다면 더 무서운 숙명의 문학일지도 모른다.

소설《미야모토 무사시》가 의심을 사기 쉬운 점은, 그리고 때로는 평단으로부터 오해를 받는 것도, 검으로 상징되는 인간이나 봉건 사회의 다양한 모습 등에 있을 것이다. 하지만 올바른 지향을 한다는 전제 아래 오늘날의 세계관, 사회관을 갖춰온 독자들에게는 검이 더 이상 잘못된 영향을 미칠 우려 따위는 없다고 믿는다.

독자들은 즐길 만한 부분이 나오면 즐기고, 꿈을 꿀 수 있는 부분에서는 꿈꾸고, 현실과 비교해가면서 독서의 맛을 자유롭게 누릴 수 있으리라 생각한다.

원래 무사시의 검은 살殺이 아닐뿐더러 인생에 대한 저주도 아니다.

보호이고, 사랑의 검이다. 자신과 타인의 생명 위에 엄격한 도덕적 지표를 놓고, 인간의 숙명과도 같은 해탈을 구한 철인哲人의 길이기도 하다.

화가로서의 무사시, 시문을 짓고 읊기를 취미로 삼았던 그의 모습은 말년의 일인지라 소설《미야모토 무사시》에서는 무사시가 병풍을 그렸다거나 관음상을 조각한 정도의 초기 문화적 지성의 싹밖에 다루지 않았다.

또한 그의 사랑도 그의 한 일면이라 독자들에게 강요하거나 가르치려고 하지 않았다. 그러나 현대의 연애관과 비교는 될 것이다. 서로 마주 보는 거울에서 초점을 맞추는 각도는 각자의 자유다. 그의 모습을 현대와 과거라는 양면 거울에 비춰보아도 그의 검이 단순한 흉기가 아니라는 사실은 누구나 알 수 있을 것이다.

요시카와 에이지

차례

방울

1

'어떻게 될까? 앞으로 이 세상은……. 이제 인간의 개별적인 행동 따위는 가을바람에 흩날리는 낙엽에 지나지 않는구나. 칫, 될 대로 되라지.'

다케조武蔵는 그렇게 생각했다.

시체와 시체 사이에서 그도 한 구의 시체처럼 누워 그렇게 체념하고 있었다.

'지금 움직여봐야 소용없어.'

하지만 실은 체력 자체가 이미 어떻게 움직여볼 수조차 없는 상태였다. 그는 느끼지 못하고 있었지만 몸 어딘가에 두세 발의 총알이 박혀 있는 것이 틀림없었다.

어제저녁, 좀 더 자세히 말해서 게이초慶長 5년(1600) 9월 14일 밤부터 새벽녘까지 이곳 세키가하라関ヶ原 지방에 억수 같은 비

를 퍼붓던 하늘은 오늘 오후가 되도록 아직도 먹구름을 짙게 내리깔고 있었다. 그리고 이부키 산伊吹山의 산등성과 미노美濃의 연산連山을 오가는 검은 구름이 이따금 쏴아 하고 천지사방에 흰 빗줄기를 뿌리며 격전의 흔적을 씻어낸다.

그 비는 다케조의 얼굴에도, 옆에 있는 시체에도 주르륵주르륵 쏟아졌다. 다케조는 잉어처럼 입을 벌리고 콧등에서 흘러내리는 빗물을 혀로 핥았다.

'마지막 물이다.'

마비된 그의 머릿속에서 어렴풋이 그런 생각도 들었다.

전투는 아군의 패배로 끝났다. 긴고추나곤 히데아키金吾中納言秀秋가 적과 내통하여 동군東軍과 함께 이시다 미쓰나리石田三成를 비롯한 우키타浮田, 시마즈島津, 고니시小西 등의 아군 진지로 창을 돌린 것이 결정적인 패인이었다.

불과 한나절 만에 천하의 주인이 결정되었다고 할 수 있다. 동시에 수십만에 달하는 동포의 운명이, 눈에 보이지 않는 자자손손의 숙명까지, 이 전장에서 시시각각 결정될 것이다.

'나도…….'

다케조는 생각했다. 고향에 홀로 남아 있는 누님과 마을 어른들의 모습이 문득 눈앞에 떠올랐다. 어찌 된 영문인지 슬프기는커녕 아무렇지도 않다. 죽음이란 이런 것일까, 하고 의심이 들었다. 그런데 그때 열 걸음쯤 떨어진 곳에 있던 아군의 시체 속에서 한 구의 시체로 보이던 것이 불쑥 고개를 들고 그를 불렀다.

"다케조!"

그의 눈은 가사 상태에서 깨어난 듯 주위를 두리번거렸다.

창 한 자루만 들고 함께 고향을 떠나 같은 주군의 군대에 소속되어 서로가 젊은 공명심을 불태우며 이 전장으로 함께 와서 싸웠던 친구 마타하치又八다.

마타하치도 열일곱 살, 다케조도 열일곱 살이다.

"마타하치?"

다케조가 대답하자 빗속에서 그가 묻는다.

"다케조, 살아 있냐?"

다케조는 온 힘을 다해 소리쳤다.

"살아 있고말고. 여기서 죽을 순 없지. 너도 죽으면 안 돼. 개죽음을 당할 순 없어!"

"쌍, 죽긴 왜 죽어?"

마타하치는 이윽고 친구 쪽으로 혼신의 힘을 다해 기어왔다. 그리고 다케조의 손을 잡으며 말했다.

"도망치자."

그러자 다케조는 그의 손을 반대로 잡아당기며 나무라듯이 말했다.

"죽은 척해. 죽은 척하고 가만히 있어. 아직 위험해."

그 말이 채 끝나기도 전에 두 사람이 베개로 삼고 있던 대지가 가마솥처럼 들끓기 시작했다. 새까만 인마人馬의 행렬이 함성을 지르며 세키가하라의 한복판을 휩쓸면서 그들 쪽으로 쇄도해오고 있었다.

"앗, 후쿠시마福島의 부대다."

하타사시모노旗指物(옛날 싸움터에서 갑옷의 등에 꽂아 표지로 삼던 작은 깃발)를 보고 마타하치가 당황해서 일어나려고 하자 다케조가 그의 발목을 잡아당겨서 쓰러뜨렸다.

"바보야, 죽고 싶어?"

잠시 후였다.

진흙투성이의 무수한 말발굽이 베틀의 북처럼 속도를 맞춰서 갑옷과 투구로 무장한 채 장창과 군도를 휘두르는 적병을 태우고 두 사람의 머리 위를 잇달아 뛰어넘으며 달려갔다.

마타하치는 고개를 처박은 채 꼼짝도 하지 않고 엎드려 있었지만, 다케조는 큰 눈을 부릅뜬 채 날쌔고 용맹한 동물의 배를 수십 마리가 지나가도록 가만히 보고 있었다.

2

그제부터 억수같이 퍼붓던 비가 늦더위의 마지막을 고하는 듯했다. 9월 17일 밤, 인간을 노려보는 듯한 무시무시한 달이 구름 한 점 없는 하늘에 덩그러니 떠 있었다.

"걸을 수 있지?"

친구의 팔을 자신의 목에 두르고 부축하듯이 걸으면서 다케조는 내내 귓전에 닿는 마타하치의 숨소리가 걱정되었다.

"괜찮아? 정신 똑바로 차려."

다케조가 그렇게 몇 번이나 물을 때마다 마타하치는 "괜찮아!"라고 대수롭지 않다는 듯 대답했지만 얼굴은 달빛보다도 창백했다.

이틀 밤이나 이부키 산의 계곡 습지대에 숨어서 생밤과 풀 따위로 배를 채운 탓인지 다케조는 배가 아팠고, 마타하치도 심하게 설사를 했다.

물론 도쿠가와德川 쪽에서는 승기를 놓칠세라 세키가하라에서 패주한 이시다, 우키타, 고니시 등의 잔당을 토벌하기 위해 전력을 기울일 것이다. 따라서 이 달 밝은 밤에 마을로 내려가는 것은 위험하다는 생각도 없지는 않았지만 마타하치가 '잡히는 것이 낫겠다' 싶을 정도로 몹시 고통스러워하고 있었고, 앉아서 잡히는 것보다는 낫겠다는 생각에 다케조는 결심을 하고 다루이垂井 마을이라고 여겨지는 방향으로 그를 부축해서 내려가는 중이었다.

마타하치가 한 손에 든 창을 지팡이로 삼아 겨우 걸음을 옮기면서 친구의 어깨에 기대 몇 번이고 진지하게 말했다.

"다케조, 미안해. 정말 미안해."

"무슨 소리야?"

다케조는 그렇게 말하고 잠시 후 다시 말을 이었다.

"그건 내가 할 말이야. 우키타 주나곤浮田中納言 님이나 이시다 미쓰나리石田三成 님이 군대를 일으킨다는 소문을 들었을 때 난 처음엔 이제 됐구나 싶었어. 우리 부모님들이 전에 모셨던 신멘 이가노카미新免伊賀守 님은 우키타 가문의 가신이었기 때문에 그 연줄을 믿고, 비록 고시鄕士(옛날 농촌에 토착한 무사, 또는 토착 농민으로 무사 대우를 받는 사람)의 자식이지만, 창 한 자루 들고 따라가기만 하면 반드시 부모님들과 마찬가지로 무사로 군대에 받아줄 거라고 생각했기 때문이야. 이 군대에서 운 좋게 적장의 목이라도 베어서 날 마을의 골칫거리라고 하던 고향 사람들의 코를 납작하게 해주고, 돌아가신 아버지 무니사이無二斎도 지하에서 놀라게 해드리자는 꿈을 가졌던 거야."

"나도야! ……나도 그랬어."

마타하치도 고개를 끄덕이며 맞장구를 쳤다.

"그래서 난 평소 친하게 지낸 너한테도 같이 가지 않겠느냐고 했던 건데 네 어머니는 당치도 않은 일이라며 나를 야단치셨지. 또 네 약혼녀인 싯포 사七宝寺의 오쓰お通는 물론 내 누님까지도 다들 농사꾼의 자식은 농사꾼으로 살아야 한다며 눈물을 흘리며 말렸어. ……무리도 아니야. 너나 나나 대를 이어야 하는 둘도 없는 외아들이니까."

"흐음……."

"우린 여자나 노인네하고는 상의해봤자 소용없다며 그들의 허락도 받지 않고 뛰쳐나왔어. 거기까지는 좋았는데, 신멘 가의 진영으로 가 보니 아무리 옛날 주군이라도 쉽사리 무사로는 받아들여주지 않았지. 아시가루足輕(무가에서 평시에는 잡역에 종사하다가 전시에는 병졸이 되는 최하급 무사)라도 좋다고 마치 팔려나가듯이 전장으로 나가 보니 하는 일이라곤 늘 허드렛일이나 길 닦는 일밖에 없었어. 창을 드는 것보다 낫을 들고 풀을 베는 일이 더 많았지. 적장의 목은커녕 졸개의 목을 벨 기회도 없었어. 결국 이 꼴이 되었고. 하지만 여기서 네가 개죽음을 당한다면 오쓰나 네 어머님께 난 뭐라고 사죄할 수 있겠냐?"

"그게 왜 네 탓이야? 전쟁에서 패한 탓이고, 이렇게 될 운명이었던 거지. 모든 게 다 엉망진창이야. 굳이 누군가를 탓해야 한다면 배신자인 긴고추나곤 히데아키를 탓해야지. 난 그자를 증오해."

3

얼마 후 두 사람은 폐경지의 한쪽 귀퉁이에 서 있었다. 눈에 보이는 건 태풍이 지나가고 난 초원의 억새뿐이었다. 불빛도 보이지 않고 인가도 없다. 이런 곳을 찾아 내려온 것이 아니었는데.

"대체 여기가 어디지?"

그들은 다시 한 번 자기들이 지나온 길을 돌아보았다.

"말을 너무 많이 하며 오다가 길을 잘못 들었나 봐."

다케조가 중얼거리자 그의 어깨에 기대 있던 마타하치도 말했다.

"저거 구이제 강杭瀨川 아니냐?"

"그럼, 이 근방이 엊그제 우키타 군과 동군의 후쿠시마, 고바야카와小早川 군이 적군인 이이井伊나 혼다本田 군과 뒤섞여서 싸우던 곳이겠군."

"그랬구나. ……나도 이 근방을 뛰어다녔을 텐데 아무 기억이 없어."

"저길 봐."

다케조가 손가락으로 가리켰다.

태풍에 쓰러진 풀숲과 하얀 물줄기, 어디를 보나 엊그제의 전투로 쓰러진 적과 아군 양쪽의 시체가 그대로 방치되어 있었다. 억새풀 속에 머리를 처박고 있는 시체, 벌렁 누워서 등이 개울에 잠겨 있는 시체, 말과 뒤엉켜 있는 시체들은 이틀간 쏟아진 비에 핏자국만은 씻겨 내려갔지만 달빛을 받아 죽은 물고기처럼 변색된 살갗은 그날의 격전을 충분히 떠올리게 했다.

"……벌레가 울고 있어."

마타하치는 다케조의 어깨에 기대 병자처럼 크게 숨을 내쉬었다. 울고 있는 것은 귀뚜라미나 방울벌레만은 아니었다. 마타하치의 눈에서도 눈물이 흐르고 있었다.

"다케조, 내가 죽으면 싯포 사의 오쓰를 네가 평생 보살펴줘."

"바보같이. ……대체 무슨 생각으로 갑자기 그런 소리야?"

"난 죽을지도 몰라."

"약한 소리 하지 마. 마음을 굳게 먹으란 말이야."

"어머니는 친척들이 보살필 테지만 오쓰는 혼자야. 그녀는 갓난아기였을 때 절에 묵던 나그네 무사가 버리고 간 아이였어. 불쌍한 여자야. 다케조, 정말이야. 내가 죽거든 그녀를 부탁해."

"이까짓 설사 때문에 사람이 죽지는 않아. 정신 차려."

다케조는 마타하치를 격려하고 나서 말을 이었다.

"조금만 더 참아봐. 농가가 보이면 약도 얻을 수 있고, 잠도 편히 잘 수 있을 테니까."

세키가하라에서 후와不破로 가는 길에는 역참도 있고 부락도 있다. 다케조는 주위를 계속 살피며 걸었다.

얼마쯤 가자 또 부대 하나가 여기서 전멸했구나 싶을 정도로 시체가 한 무더기나 쌓여 있었다. 하지만 두 사람은 어떤 시체를 봐도 이제는 잔혹하다거나 슬프다는 감정을 전혀 느낄 수 없었다. 그런 마음 상태였는데 다케조가 갑자기 무언가에 놀란 듯했고, 마타하치도 깜짝 놀라 걸음을 멈추며 가볍게 소리쳤다.

"앗?"

누군가 토끼처럼 날랜 동작으로 겹겹이 쌓여 있는 시체와 시체 사이에 몸을 감추는 자가 있었다. 달빛이 대낮처럼 밝다. 그곳을 가만히 응시하자 웅크리고 있는 자의 등이 또렷이 보인다.

'노부시野武士(옛날에 산야에 숨어서 패잔병 등의 무기를 탈취하기도 하던 무사나 토민의 무리)인가?'

문득 그런 생각이 들었지만 의외로 그자는 겨우 열서너 살밖에 안 되어 보이는 앳된 소녀였다. 남루한 옷차림이지만 금실로 무늬를 놓은 비단 같은 폭이 좁은 허리띠를 매고 소맷자락이 둥근 옷을 입고 있었다.

그리고 그 소녀 역시 이쪽의 인기척을 경계하듯 시체와 시체 사이에서 약빠른 고양이처럼 눈을 동그랗게 뜬 채 움직이지도 않고 이쪽을 똑바로 쏘아보고 있었다.

4

전쟁이 끝났다지만 아직 적들은 시퍼런 창과 칼을 앞세우고 이 근방을 중심으로 잔당을 토벌하기 위해 부근의 산야를 이 잡듯 뒤지고 있을 것이다. 더구나 이곳은 사방에 널려 있는 시체로 인해 금방이라도 귀신이 튀어나올 것 같은 또 다른 전쟁터였다.

나이도 어린 소녀가, 게다가 이런 밤에, 홀로 달빛 아래에서 무수한 시체들 사이에 숨어 도대체 뭘 하고 있었을까?

"……?"

너무도 괴이한 나머지 다케조와 마타하치는 한동안 숨을 죽인 채 소녀의 동정을 지켜보고 있었다. 그런데 얼마 후 다케조가 소녀를 떠보려고 "어이!" 하고 소리치자 소녀의 동그란 눈은 놀란 표정을 역력히 보이며 달아나려는 기색을 나타냈다.

"도망가지 않아도 돼. 얘야, 물어볼 게 있어."

황급히 덧붙였지만 늦었다. 소녀는 겁에 질려서 재빠르게 움직였다. 뒤도 돌아보지 않고 반대편으로 뛰어간다. 허리띠나 소매에 방울이 달려 있는지 뛰어가는 그림자에 따라서 조롱하듯 맑은 소리가 난다. 방울 소리는 두 사람의 귀에 묘한 여운을 남겼다.

"뭐지?"

다케조는 망연한 표정으로 밤안개 속을 바라보았다.

"귀신이 아닐까?"

마타하치가 몸서리를 치며 되묻자 다케조가 웃으며 말했다.

"설마. ……저 언덕과 언덕 사이로 숨었어. 근처에 부락이 있는 것 같아. 겁을 주지 않고 잘 구슬려가며 물어봤으면 됐을 텐데."

두 사람이 언덕으로 올라가서 보니 아니나 다를까 인가의 불빛이 보였다. 후와 산의 기슭이 남쪽으로 넓게 뻗어 있는 늪지대였다. 불빛이 보이는 쪽으로 10정町(1정은 약 109미터)쯤 걸어가서 보니 농가로는 보이지 않는 흙담과 낡았지만 문 같은 출입구가 있는 외딴집이 있었다. 기둥은 있었지만 낡아서 삭았고, 문짝 따위는 없는 문이었다. 안으로 들어가자 무성하게 자란 싸리나무 사이로 보이는 안채의 문이 닫혀 있었다.

"실례합니다."

먼저 가볍게 문을 두드렸다.

"야밤에 죄송합니다만 부탁드릴 것이 있습니다. 병자가 있어서 그러니 좀 도와주십시오. 폐를 끼치지는 않겠습니다."

한동안 대답이 없었다. 아까 본 소녀와 집 안의 누군가가 뭔가를 소곤거리고 있는 듯했다. 이윽고 문 안쪽에서 무슨 소리가 났다. 문을 열어주나 싶어 기대하고 있는데, 그렇지는 않았다.

"당신들은 세키가하라의 패잔병이죠?"

소녀의 목소리다. 거침없이 말한다.

"그렇소. 우린 우키타 군 중에서 신멘 이가노카미의 아시가루입니다만."

"안 돼요. 패잔병을 숨겨주었다간 저희도 벌을 받으니까요. 폐를 끼치지 않는다고 해도 저희에겐 폐가 돼요."

"그렇습니까? 그럼…… 어쩔 수 없죠."

"다른 곳으로 가 보세요."

"물러가겠습니다만, 같이 온 사내가 실은 설사병으로 고통스러워하고 있습니다. 죄송하지만 약이 있으면 좀 주시지 않겠습니까?"

"약 정도야……."

잠깐 생각하는 듯하더니 안에 있는 사람에게 물어보러 가는지 방울 소리와 함께 발자국 소리가 안쪽으로 사라졌다.

그리고 다른 창문으로 사람의 얼굴이 보였다. 아까부터 바깥의 동정을 살피고 있던 이 집의 안주인으로 보이는 여자가 그제야 말을 걸어주었다.

"아케미朱實야, 문을 열어드리렴. 아무래도 낙오병이나 패잔병 같은데 사정을 들어보니 하룻밤 재워주어도 걱정할 일은 없을 듯하구나."

5

박탄朴炭 가루를 한 움큼 삼키고 부추죽을 먹고 자고 있는 마타하치와 총알에 구멍이 뚫린 넓적다리의 상처를 소주로 부지런히 닦아내고 누워 있는 다케조. 땔감을 쌓아둔 헛간 안에서 두 사람의 일과는 그렇게 편히 쉬며 몸을 돌보는 일이었다.

"이 집은 도대체 뭐 하는 집일까?"

"뭘 하든 무슨 상관이야? 이렇게 숨겨주는 것만도 지옥에서 부처님을 만난 격인데."

"주인아주머니도 아직 젊은데 저렇게 어린 소녀와 단둘이 이런 산골에서 살고 있다니, 참 대단해."

"저 소녀 말이야, 싯포 사의 오쓰를 어딘가 좀 닮은 것 같지 않냐?"

"음, 귀여운 아이야. ……그런데 인형처럼 깜찍한 소녀가 어째서 우리조차 꺼림칙해하는 전장을 돌아다니고 있었던 걸까? 그것도 한밤중에 시체가 널려 있는 곳을 혼자서 말이야. 도무지 이해할 수가 없어."

"쉿, 방울 소리가 난다."

귀를 기울이며 말을 잇는다.

"아케미라는 그 소녀가 왔나 봐."

헛간 밖에서 발소리가 멎었다. 그녀 같다. 딱따구리처럼 밖에서 가볍게 문을 두드린다.

"마타하치 님, 다케조 님."

"누구시죠?"

"저예요, 죽을 가지고 왔어요."

멍석에서 일어나 문을 열었다. 아케미는 약이며 먹을 것을 쟁반에 받쳐 들고 왔다.

"고마워."

"몸은 좀 어떠세요?"

"덕분에 우리 두 사람 다 이렇게 건강해졌어."

"엄마가 그러는데 다 나으셨어도 너무 큰 소리로 이야기하거나 밖에 얼굴을 내밀지 마시래요."

"여러모로 폐가 많구나."

"이시다 미쓰나리 님이나 우키타 히데이에浮田秀家 님처럼 세키가하라에서 도망친 장수들이 아직 잡히지 않아서 이 근방도 샅샅이 수색하고 있대요."

"그래?"

"아무리 병졸이라지만 당신들을 숨겨준 것이 발각되면 우리도 잡혀가니까요."

"알았어."

"그럼, 안녕히 주무세요. 내일 뵙죠."

미소를 지어 보이고 밖으로 나가려는 것을 마타하치가 불러세웠다.

"아케미, 잠깐 이야기 좀 할까?"

"싫어요!"

"왜?"

"엄마한테 혼나요."

"잠깐 물어보고 싶은 게 있어서 그래. 너 몇 살이니?"

"열다섯."

"열다섯? 어리구나."

"남 걱정할 때가 아닐 텐데요."

"아버지는?"

"없어요."

"생업은?"

"우리가 하는 일이요?"

"응."

"뜸쑥 만들어요."

"그렇구나. 뜸쑥이 이 고장의 명물이긴 하지."

"이부키 산의 쑥을 봄에 뜯어다가 여름내 말린 다음 가을부터 겨울까지 뜸쑥으로 만들어서 다루이 역참에 내다 팔아요."

"그래……. 뜸쑥은 여자도 만들 수 있으니까."

"할 말 다 하셨죠?"

"아니, 아직. ……아케미."

"왜요?"

"요전 날 밤에, 그러니까 우리가 이 집에 처음 온 날 밤에 말이야. 아직도 시체들이 굴러다니는 전쟁터에서 넌 도대체 뭘 하고 있었던 거니? 그걸 물어보고 싶었어."

"몰라요!"

아케미는 문을 꽝 닫고 소매에 달린 방울을 울리면서 안채 쪽으로 뛰어갔다.

독버섯

1

5척하고도 예닐곱 치(1척은 약 30.3센티미터)는 될 것이다. 다케조는 유달리 키가 컸다. 잘 달리는 준마 같다. 팔다리가 길쭉길쭉하고, 입술이 붉고, 눈썹이 짙고, 그리고 그 눈썹도 필요 이상으로 길어서 눈을 덮을 지경이었다.

"풍년동자豊年童子야."

고향인 사쿠슈作州 미야모토宮本 마을에서는 소년 시절의 그를 종종 그렇게 부르면서 놀려댔다. 눈과 코는 물론 손발도 보통 사람들보다 컸기 때문에 딱 풍년에 태어난 아이일 것이라며 놀려댄 것이다.

마타하치도 다케조처럼 '풍년동자'로 꼽힐 만한 사내였다. 그런데 마타하치는 다케조에 비해 약간 작고 몸집이 단단했다. 바둑판같은 가슴팍이 갈빗대를 둘러싸고 있고, 둥그런 얼굴의 도

토리 같은 눈동자를 뒤룩뒤룩 움직이면서 말한다.

어느새 집 안의 동정을 살피고 왔는지 "야, 다케조! 이 집의 젊은 마님은 매일 밤 분을 바르고 화장을 하더군." 따위로 속삭이곤 했다.

둘 다 젊고 한창 혈기왕성할 때다. 총상을 입은 다케조가 완전히 나을 무렵이 되자 마타하치는 더 이상 눅눅하고 어두침침한 헛간 안에서 귀뚜라미처럼 숨어 있을 수만은 없었다.

그는 안채의 화롯가에 앉아서 과부인 오코お甲와 아케미를 상대로 노래를 부르거나 익살을 떨며 그들을 즐겁게 해주었고, 자신도 배를 잡고 웃어주는 사람이 있다고 생각하니 어느새 헛간에는 모습을 보이지 않게 되었다.

밤에도 헛간에서는 자지 않는 날이 많아졌다.

그리고 이따금 술 냄새를 풍기며 다케조를 밖으로 끌어내려고 했다.

"다케조, 너도 나와."

처음에는 다케조도 "바보 같은 놈, 우린 패잔병 신세야."라고 주의를 주기도 하고 "술은 싫어."라며 퉁명스럽게 굴었지만 이윽고 무료함을 이기지 못하고 헛간을 나왔다.

"이 근방은 괜찮을까?"

그렇게 말하면서 20일 만에 푸른 하늘을 올려다보며 마음껏 기지개를 켜고 하품을 해댔다.

"마타하치, 너무 신세를 많이 지는 것 같지 않냐? 이제 슬슬 고향으로 돌아가야지."

"나도 그렇게 생각하지만 이세伊勢로 가는 길도, 교토 왕래도 검문이 심하니까 아예 눈이 올 때까지 여기에 숨어 있는 게 낫겠다고 아주머니도 그러고 여자애도 그러니까……."

"너처럼 화롯가에서 술이나 마시고 있는 건 전혀 숨어 있는 게 아니야."

"무슨 소리야? 일전에도 우키타 주나곤 님만 잡히지 않아서 도쿠가와 쪽 무사로 보이는 자들이 혈안이 되어서 여기까지 수색하러 왔지만, 그때 밖에 나가서 그들을 돌려보낸 것은 나였어. 헛간 구석에 숨어서 발소리가 들릴 때마다 움찔움찔 놀라는 것보다는 차라리 이렇게 지내는 편이 더 안전할지 모른다고."

"그래, 그럴 수도 있겠지."

다케조는 그가 핑계를 대고 있다는 걸 알면서도 그의 말에 동의하며 그날부터 함께 안채로 옮겼다.

오코 부인은 집 안이 시끌벅적해져서 좋다며 흡족해하는 모습조차 보이면서 전혀 불편해하거나 부담스러워하는 것 같지는 않았다.

"마타하치 님이나 다케조 님 중 한 분이 아케미의 신랑이 되어서 영원토록 여기에서 함께 지내면 얼마나 좋을까?"

그러고는 심지어 이런 말까지 하며 순진한 청년들이 당황하는 모습을 보고는 재미있어 했다.

2

뒷산은 소나무 숲이었다. 아케미는 바구니를 옆구리에 끼고 버섯을 따고 있었다.

“여기 있다! 여깄어! 오라버니 이리로 와요.”

소나무 밑을 들춰가면서 송이 향기를 맡을 때마다 천진스레 소리를 지른다.

다케조도 바구니를 들고 조금 떨어진 소나무 아래에 웅크리고 있었다.

“여기에도 있어.”

침엽수 가지 사이로 비쳐드는 가을햇살은 두 사람의 모습에 가느다란 빛의 파문이 되어 흔들거리고 있었다.

“자, 누가 더 많을까요?”

“내가 더 많아.”

아케미는 다케조의 바구니에 손을 넣었다.

“안 돼! 안 돼! 이건 무당버섯, 이건 광대버섯, 이것도 독버섯.”

하나하나 골라내 버리더니 으스대며 말한다.

“내가 더 많지요?”

"날도 저무는데 돌아갈까?"

"나한테 져서 그러죠?"

아케미는 다케조를 놀리면서 꿩처럼 종종걸음으로 먼저 산길을 내려가다가 갑자기 낯빛이 바뀌더니 우뚝 멈춰 섰다.

어떤 사내가 느릿느릿 산중턱을 가로질러서 걸어오고 있었다. 부리부리한 눈이 이쪽을 쳐다본다. 지독하게 원시적이고 호전적인 느낌을 주는 사내였다. 험상궂게 보이는 송충이 눈썹도, 두툼하니 위로 말려 올라간 입술도, 큼지막한 칼과 미늘갑옷도, 위에 걸치고 있는 짐승 가죽도.

"꼬마야."

아케미 곁으로 다가온 그는 누런 이를 드러내며 웃었다. 그러나 아케미는 그저 창백하게 질려 있을 뿐이었다.

"엄마는 집에 있지?"

"예."

"집에 돌아가거든 내가 그러더라고 전해. 내 눈을 속여 가며 은근슬쩍 돈벌이를 하고 있는 모양인데, 조만간 세금을 받으러 가겠다고 말이야."

"……."

"모를 거라 생각하나 본데 너희가 내다 판 물건을 산 사람들한테서 그 소식이 바로 내 귀에 들어온단 말이다. 너도 매일 밤 세키가하라에 가지?"

"아니요."

"엄마한테 전해. 허튼 수작 부렸다간 여기선 더 살 수 없을 거라고. 알았지?"

그는 다시금 아케미를 노려보고 움직이기에도 무거워 보이는 몸을 움직여서 느릿느릿 늪 쪽으로 내려갔다.

"뭐야, 저 자식은?"

다케조는 그의 뒷모습에서 아케미에게로 시선을 돌리며 위로하는 표정으로 물었다. 겁을 먹은 아케미는 여전히 입술을 부르르 떨며 작은 소리로 말했다.

"후와 마을의 쓰지카제辻風예요."

"노부시로군."

"예."

"뭣 때문에 저렇게 화를 내는 거지?"

"……."

"비밀로 할게. 아니면 나한테도 말할 수 없는 일이야?"

아케미는 말하기가 거북하다는 듯 잠시 곤혹스러워하는 모습을 보이더니 갑자기 다케조의 가슴에 얼굴을 묻고 울먹이며 말했다.

"아무한테도 말하면 안 돼요?"

"응."

"우리가 처음 만난 날 밤 세키가하라에서 내가 뭘 하고 있었는지 아직 모르죠?"

"……몰라."

"도둑질을 하고 있었어요."

"뭐?"

"전투가 벌어졌던 곳에 가서 죽은 사람들이 지니고 있는 물건, 그러니까 칼이든 전립이든 향낭이든 가리지 않고 돈이 될 만한 물건이면 다 집어왔어요. 무섭지만 먹고살기도 힘들고 싫다고 하면 엄마한테 야단맞기 때문에……."

3

아직 해는 높이 떠 있었다.

다케조는 아케미에게 앉으라고 말하고 자신도 풀숲에 앉았다. 이부키 늪가의 집 한 채가 소나무 사이로 내려다보이는 언덕이었다.

"그럼, 이 늪의 쑥을 뜯어다 뜸쑥을 만드는 것이 생업이라고 했던 말은 거짓말이었겠군."

"예. 우리 엄마라는 사람은 사치가 굉장히 심해서 쑥 따위를 뜯는 것 정도로는 생활을 할 수가 없어요."

"흠……."

"아버지가 살아 계셨을 때는 이 이부키의 일곱 고을에서 가장 큰 집에서 살았고 수하들도 많이 부렸어요."

"아버지가 장사꾼이었니?"

"노부시의 두령."

아케미는 그런 아버지를 자랑스러워하는 눈빛이었다.

"그런데 아까 여길 지나간 쓰지카제 덴마社風典馬한테 살해당했어요……. 덴마가 죽였다고 다들 그래요."

"뭐? 살해당했다고?"

"……."

고개를 끄덕이는 아케미의 눈에서는 어느새 눈물이 흘러내리고 있었다. 열다섯 살로는 보이지 않을 정도로 몸집이 작고 말투도 아주 조숙한 소녀다. 그리고 때로는 사람의 이목을 모으는 듯한 영리한 행동을 하곤 했기 때문에 다케조는 그녀에게 조금도 동정심 같은 건 느끼지 못했다.

그런데 막상 아교로 붙인 듯한 그녀의 속눈썹에서 눈물이 뚝뚝 떨어지는 것을 보자 갑자기 안아주고 싶을 정도로 가련하게 느껴졌다.

하지만 이 소녀는 결코 세상의 일반적인 가정교육은 받지 못한 것으로 보였다. 노부시라는 아버지의 직업을 세상에 둘도 없는 천직으로 믿고 있는 것이다. 도둑질보다 더 나쁜 짓도 먹고 살기 위해서는 올바른 것이라고 어머니로부터 교육을 받은 것이 틀림없다.

하긴 오랫동안 난세가 지속되며 노부시는 어느새 게으르고 목숨 귀한 줄 모르는 부랑자들에게는 유일한 호구지책이 되었다. 세상도 그것을 이상하게 보지 않았다. 영주 역시 전투가 벌어질 때마다 그들을 이용하여 적진에 불을 지르게 하거나 유언비어를 퍼뜨리게 하거나 적진에서 말을 훔쳐오게 하곤 했다. 만약 영주가 고용해주지 않으면 그들은 전투가 끝나고 난 후 시체를 털거나 패잔병의 물건을 빼앗거나 목을 베어 갖다 주는 등 할 일이 얼마든지 있어서 전투가 한 번 벌어지면 반년에서 1년은 방탕하게 살 수 있었던 것이다.

농사꾼이나 나무꾼 같은 양민조차 부락 근처에서 전투가 벌어지기라도 하면 밭일은 할 수 없게 되지만 전투가 남긴 콩고물을 주워 먹는다는 부당한 이득의 맛을 알고 있었다.

그래서 직업적인 노부시들은 자기 구역을 철저하게 지켰다. 만약 다른 자가 자신의 일터를 침범했다는 것을 알면 그냥 두지 않는다는 철칙이 있었다. 반드시 잔혹한 사형私刑으로 자신의 권리를 보여주는 것이었다.

"어떻게 하죠?"

아케미는 그것이 두려운 듯 몸을 떨었다.

"틀림없이 쓰지카제의 수하가 올 거예요…… 오면……."

"오면 내가 맞이해주지. 걱정하지 않아도 돼."

산을 내려왔을 때쯤 늪은 고요한 황혼이었다. 목욕물을 데우는 연기가 외딴집 지붕에서 연갈색 억새 위로 나지막이 퍼져 있다. 오코 부인은 평소와 다름없이 밤 화장을 끝내고 뒤편 문턱에서 있었다. 그리고 아케미와 다케조가 나란히 붙어서 돌아오는 모습을 보더니 평소와는 달리 험악한 표정으로 말했다.

"아케미, 여태 뭘 하느라 이제야 오는 거니? 날이 이렇게 어두워졌는데……."

다케조는 아무 생각 없이 멍청하게 서 있었지만, 아케미는 엄마의 기분에 무엇보다도 예민하다. 흠칫 놀라며 다케조에게서 떨어지는가 싶더니 얼굴을 붉히면서 먼저 뛰어가 버렸다.

4

이튿날, 쓰지카제 덴마의 이야기를 전해들은 오코는 갑자기 당황한 모습이었다.

"왜 진작 말해주지 않았니?"

오코는 아케미를 야단쳤다.

그리고 찬장이며 서랍, 벽장 속에 넣어두었던 물건들을 한곳에 모으더니 말했다.

"마타하치 님도 다케조 님도 좀 거들어줘요. 이것들을 다 천장

위로 올려야 되니까."

"알았어요."

마타하치는 다락방으로 올라갔다. 다케조는 발판을 놓고 오코와 마타하치 사이에 서서 천장으로 올릴 물건을 하나하나 받아서 마타하치에게 건넸다.

어제 아케미에게서 아무 말도 듣지 못했다면 다케조는 틀림없이 놀라움을 금치 못했을 것이다. 시간이야 오래 걸렸겠지만 용케도 이렇게 많은 물건들을 모았구나 하는 생각이 들었다. 단도가 있다. 창끝도 있고, 갑옷의 한쪽 소매도 있다. 또 장식이 떨어져나간 투구며 품속에 넣고 다닐 만한 크기의 마메즈시豆厨子(불상을 넣은 작은 상자)와 염주, 깃대, 그리고 큰 것으로는 자개와 금은으로 멋지게 장식한 안장 따위도 있었다.

"이게 답니까?"

천장에서 마타하치가 얼굴을 내밀었다.

"하나 더요."

오코는 남아 있던 넉 자 정도의 검은 떡갈나무 목검을 집어 올렸다. 다케조가 중간에서 받아들었다. 멋진 곡선이며 무게, 단단한 촉감이 손으로 쥐자 놓고 싶지 않은 기분이 들 정도였다.

"아주머니, 이거 저한테 주시지 않겠어요?"

다케조가 졸랐다.

"갖고 싶어요?"

“예.”

“…….”

주겠다는 말은 하지 않았지만 당연히 다케조의 의사를 들어 주겠다는 듯 볼우물을 지으며 고개를 끄덕였다.

마타하치도 내려오더니 무척 탐이 나는 눈치였다.

“샘이 나니 봐, 어린애처럼.”

오코는 웃으면서 그에게 마노 구슬이 달려 있는 가죽 주머니를 주었지만 그는 별로 좋아하지 않았다.

저녁때면 오코는 남편이 살아 있을 때부터의 습관인 듯 꼭 목욕과 화장을 하고 나서 술을 즐긴다. 자기뿐만 아니라 아케미에게도 똑같이 시킨다. 사치를 좋아하는 성격 탓도 있겠지만, 언제까지나 청춘으로 살고 싶기 때문이리라.

“자, 다들 이리로 와요.”

다 같이 화롯가에 둘러앉자 오코는 마타하치에게도 술을 권하고 다케조에게도 잔을 돌렸다. 아무리 사양해도 손목을 잡고 억지로 마시게 했다.

“사내대장부가 이까짓 술도 못 마시면 어떡해요? 제가 가르쳐드리리다.”

마타하치의 눈은 이따금 불안함을 거둬내고 오코의 모습을 물끄러미 바라보았다. 오코는 마타하치의 그런 눈빛을 느끼면서도 다케조의 무릎에 손을 얹고는 요즘 유행하는 노래를 가늘고 고운 목소리로 흥얼거리며 말하곤 했다.

"지금 이 노래는 제 심정이에요. 다케조 님, 알겠어요?"

아케미가 고개를 돌리고 있는데도 개의치 않고, 젊은 사내의 부끄러움과 또 다른 한쪽의 질투를 의식하면서 하는 행동이었다.

이윽고 재미가 없어진 듯 마타하치가 어느 날 불쑥 말했다.

"다케조, 이제 떠나야지?"

그러자 오코가 물었다.

"마타하치 님, 어디로요?"

"사쿠슈의 미야모토 마을로요. 이래 봬도 고향에 어머니와 약혼녀가 있는 몸입니다."

"그래요? 미안하게 됐군요, 그런 분을 숨겨주었으니. 그런 사람이 있으면 마타하치 님 혼자 먼저 떠나도 말리진 않을게요."

5

손으로 꽉 움켜쥐고 쑥 뽑아보면 그 길이와 곡선의 조화에 무한한 쾌감을 느낀다. 다케조는 오코에게 받은 검정색 떡갈나무 목검을 손에서 놓지 않았다.

심지어 밤에도 그 목검을 품고 잤다. 서늘한 목검을 볼에 대면 어렸을 때 추위를 무릅쓰고 무예를 단련하시던 아버지 무니사이의 뜨거운 기백이 핏속에 되살아나는 듯했다.

아버지는 가을의 찬 서릿발처럼 엄격한 분이셨다. 다케조는 어렸을 때 헤어진 어머니만이 그리울 뿐 아버지에게서는 따뜻한 사랑을 받은 기억이 없다. 그저 어렵고 무서운 아버지였다. 아홉 살 때 무작정 집을 나와 반슈播州에 계신 어머니를 찾아간 것도 어머니에게서 "어머나, 많이 컸구나."라는 다정한 말 한마디를 듣고 싶은 일념에서였다.

하지만 그 어머니는 무슨 연유에서인지 아버지 무니사이가 버린 사람이었다. 반슈 사요고佐用鄕의 무사와 재혼하여 이미 두 번째 남편의 자식까지 낳았다.

"돌아가거라, 아버지가 계신 곳으로."

그때 어머니가 손을 잡고 안아주시며 인적이 없는 신사神社의 숲에서 울던 모습을 다케조는 아직도 또렷이 기억하고 있다.

물론 아버지는 곧바로 사람을 보내 아홉 살인 그를 안장도 없는 말 등에 묶어서 반슈에서 다시 미마사카美作 요시노고吉野鄕의 미야모토 마을로 데리고 왔다. 아버지 무니사이는 불같이 화를 내며 몽둥이로 다케조를 때리고 또 때렸다.

"몹쓸 놈, 이 천하에 몹쓸 놈아."

그때의 일도 어린 다케조의 마음에는 선명하게 새겨져서 아직도 남아 있었다.

"한 번만 더 네 어미한테 갔다가는 아무리 내 아들이라도 절대로 용서하지 않겠다."

그 일이 있은 뒤 얼마 안 가서 어머니가 병으로 돌아가셨다는 소식을 듣고 다케조는 울적한 마음을 달래려는 듯 갑자기 손조차 댈 수 없는 악동으로 변해버렸다.

그렇게 엄격하던 무니사이도 어쩔 도리가 없었다. 짓테十手(에도江戸 시대에 포리가 방어와 타격을 위해 휴대하던 도구)를 들고 야단치려고 하면 몽둥이를 들고 아버지에게 덤벼들 정도였다. 마을의 악동들은 모두 그에게 쩔쩔맸고, 그의 상대가 될 만한 사람은 역시 마을 안에서는 마타하치뿐이었다.

열두세 살 때는 키가 이미 어른만 했다. 어느 해인가 마을에 금박을 입힌 푯말을 들고 도전해온 이웃마을의 아리마 기헤에有馬喜兵衛라는 무사 수련생을 결투장 안에서 때려죽였을 때는 "풍년동자 다케조는 강하다."고 마을 사람들이 개가를 올리기도 했지만, 나이를 먹어도 그 완력으로 계속해서 난폭하게 굴자 "다케조가 왔어, 건드리지 마."라고 두려워하며 피하게 되었고, 그에게는 인간의 차가운 마음만이 비쳤다.

아버지도 엄격하고 차가운 사람이라는 인상만 남긴 채 결국 세상을 떠나자 다케조의 잔학성은 더욱 심해질 뿐이었다.

만약 유일한 피붙이인 오긴お吟이라는 누이마저 없었다면 그는 진작 큰 사고를 치고 마을에서 쫓겨났을지도 모른다. 하지만 그 누이가 울며 하는 말에는 언제나 순순히 따랐다.

이번에 마타하치를 꾀어서 군대에 들어간 것도 그런 그에게 희미하게나마 변화의 빛이 비쳤기 때문이라고도 할 수 있다. 인간이 되어야겠다는 의지가 어딘가에서 싹을 띄우고 있었던 것이다.

하지만 지금의 그는 또다시 그 방향을 잃었다. 칠흑같이 어두운 현실 속에서.

그러나 전란이라는 난세만 아니었다면 천성이 태평한 젊은이였다. 잠잘 때 보면 내일 일 따위는 전혀 걱정하지 않는 모습이다. 고향 꿈이라도 꾸는지 쌕쌕 숨을 내쉬면서 목검을 끌어안은 채 자고 있다.

"……다케조 님."

희미한 등잔의 불빛조차 모르게 어느새 오코는 그의 머리맡에 와 앉아 있었다.

"어머나…… 잠자는 얼굴 좀 봐."

그녀의 손가락이 다케조의 입술을 살짝 찔렀다.

6

"후!"

오코가 등잔불을 불어서 껐다. 그러고는 모로 누웠던 몸을 고양이처럼 웅크리고 다케조 곁으로 가만히 다가갔다.

나이에 비해 화려한 잠옷과 그녀의 하얀 얼굴도 어둠과 하나가 되었고, 창가에서는 밤이슬 내리는 소리만이 고즈넉하게 들린다.

"아직 모르나 보네?"

자면서도 품에 안고 있는 목검을 그녀가 빼내려고 하자 다케조가 벌떡 일어나며 소릴 질렀다.

"도둑이야!"

넘어진 등잔 위로 그녀는 어깨와 가슴을 찧었고, 손목이 비틀리자 저도 모르게 소리를 질렀다.

"아얏!"

"앗, 아주머니였군요."

다케조는 손을 놓고 말했다.

"난 또 도둑인 줄 알고……."

"너무해요, 아이고 아파라."

"몰랐어요. 죄송합니다."

"사과하지 않아도 돼요. ……다케조 님."

"앗, 뭐, 뭐 하시는 거예요?"

"쉿……. 멋대가리 없는 사람, 한밤중에 그렇게 소리를 지르면 어떡해요? 내가 당신을 어떤 마음으로 보고 있었는지 잘 알면서."

"알죠. 신세는 잊지 않겠습니다."

"은혜니 의리니 그런 고루한 말이 아니에요. 인간의 정이라는 것은 좀 더 진하고, 깊고, 어쩔 수 없는 것 아니겠어요?"

"잠깐만요, 아주머니. 지금 불을 켤 테니까."

"심술꾸러기."

"앗…… 아주머니……."

뼈가, 이가, 자신의 몸 전체가 부들부들 떨린다고 다케조는 생각했다. 지금까지 만난 어떤 적보다도 무서웠다. 세키가하라에서 얼굴 위로 지나가는 무수한 군마의 말발굽 아래에 누워 있을 때도 이렇게 큰 동요는 느끼지 못했다.

벽 쪽으로 가서 웅크리며 말했다.

"아주머니, 저리로 가 주세요. 아주머니 방으로. 가지 않으면 마타하치를 부르겠어요."

오코는 움직이지 않았다. 초조함과 원망이 깃든 눈으로 그를 노려보면서 어두운 방에서 숨을 몰아쉬었다.

"다케조 님, 당신 설마 내 마음을 모르지는 않겠죠?"

"……."

"날 모욕할 셈이군요."

"……모욕이요?"

"그래요!"

두 사람 다 흥분한 상태였다. 그래서 알아채지 못했지만, 아까부터 밖에서 문을 두드리는 자가 있었고 이윽고 그것이 고함으로 바뀌었다.

"야! 문 열지 못해!"

장지문 틈으로 보이는 촛불이 일렁였다. 아케미가 잠에서 깬 모양이다. 마타하치의 목소리도 들렸다.

"무슨 일이지?"

마타하치의 발소리가 들리더니 아케미가 복도 쪽에서 오코를 불렀다.

"엄마."

무슨 일인지 몰라 오코도 당황하며 자기 방으로 건너갔다. 밖에 있던 자들은 그 사이에 문을 강제로 열고 멋대로 들어온 모양인지, 토방 쪽을 내다보니 예닐곱 명의 어깨가 떡 벌어진 사내들이 서 있었다.

"쓰지카제다, 빨리 불 켜!"

그중 한 명이 성난 목소리로 소리쳤다.

빗

1

모두가 깊이 잠든 때를 골라서 기습한 그들은 흙발로 우르르 들어와서 방과 벽장, 마루 밑으로 나누어 뒤지고 다녔다.

쓰지카제 덴마는 화롯가에 앉아서 부하들이 집을 뒤지는 모습을 바라보고 있었다.

"언제까지 그렇게 뒤지고만 다닐 거냐? 아무것도 없냐?"

"아무것도 없습니다."

"없어?"

"네."

"그래……? 아니 없을 거다. 없는 게 당연해. 이제 다들 그만해라."

오코는 옆방에 등을 돌리고 앉아 있었다. 뭐든 마음대로 해보라는 듯 자포자기한 모습이다.

"오코."

"왜?"

"술 좀 내와."

"거기 있으니까 마음대로 따라 마셔."

"그러지 마. 나도 오랜만에 찾아왔구먼."

"이게 남의 집에 찾아오는 인사야?"

"화내지 마셔. 그쪽에도 잘못은 있으니까. 아니 땐 굴뚝에 연기 나는 거 봤어? 뜸쑥집 마나님이 자식 년을 데리고 전쟁터에 널브러져 있는 시체에서 술값을 벌고 다닌다는 소문은 내 귀에도 똑똑히 들어왔으니까."

"증거를 대봐. 그런 증거가 어디에 있지?"

"증거를 찾아내려고 했으면 아케미에게 미리 말해주지도 않았어. 노부시의 관례가 있어서 일단은 체면상 집을 뒤지기는 했지만 이번엔 대충 봐준 거야. 자비를 베푼 줄 알아."

"누굴 바보로 아나."

"이리 와서 술이나 한잔해."

"……."

"별난 계집이군. 내 보살핌을 받으면 이런 생활은 끝낼 수 있을 텐데. 어때? 다시 한 번 생각해봐."

"과분한 친절에 몸 둘 바를 모르겠네요."

"싫어?"

"내 남편이 누구 손에 죽었는지 잘 아실 텐데?"

"그러니까 복수하겠다면 부족하지만 나도 힘을 보태겠다는 거 아냐."

"시치미 떼지 마."

"무슨 말이야?"

"범인은 쓰지카제 덴마라고 세상 사람들이 다 그러던데, 네 귀에는 들리지 않는 모양이지? 아무리 노부시의 여편네라도 남편을 죽인 원수한테 몸을 맡길 정도로 마음까지 타락하진 않았어."

"말 다 했나, 오코?"

덴마는 쓴웃음을 삼키며 술잔을 쭉 들이켰다.

"그 일은 입 밖에 내지 않는 것이 너희들 모녀의 신상에도 이로울 텐데."

"아케미가 제 앞가림을 할 정도만 되면 반드시 복수해줄 테니까, 잊지나 마."

"허허허."

어깨를 들썩이며 웃는다. 덴마는 남아 있던 술을 다 마시더니 토방 한구석에 서 있는 부하에게 명했다.

"야, 그 창으로 이 위의 천장 판때기를 대여섯 장 찔러봐라."

그자가 창끝으로 천장을 찌르며 다녔다. 천장 판때기가 들린 틈 사이로 그곳에 숨겨놓았던 잡다한 무기와 물건 들이 떨어졌다.

"이래도 잡아뗄 거야?"

덴마가 벌떡 일어났다.

"노부시의 관례에 따라 이 여편네를 끌어내서 매운맛 좀 보여줘라."

2

여자 하나쯤이야 식은 죽 먹기라고 생각하고 성큼성큼 다가가던 노부시들은 그러나 막대기라도 삼킨 것처럼 방문 앞에 우뚝 서버렸다. 오코에게 손을 대는 것조차 두렵다는 듯이.

"뭐 하고 있어? 어서 끌어내."

쓰지카제 덴마가 토방 쪽에서 안달을 하며 소리를 질렀으나 부하 노부시들은 방 안을 가만히 노려보기만 할 뿐 꿈쩍도 하지 않았다.

덴마는 혀를 차며 방 안을 들여다보았다. 그러고는 곧장 오코에게 다가가려고 했지만 그 역시 문턱을 넘어서지 못했다.

화로가 있는 방에서는 보이지 않았지만 오코 외에도 두 명의 건장한 젊은이가 방 안에 있었던 것이다. 다케조는 떡갈나무 목검을 낮게 들고 한 발자국이라도 들여놓으면 그자의 다리를 부러뜨려버리겠다는 기세로 서 있었고, 마타하치는 벽에 붙어 서서 칼을 번쩍 치켜들고 그들의 목이 방문 안으로 세 치만 들어와도 싹둑 베어버리겠다고 벼르고 있었다.

행여나 다칠까 봐 아케미에게는 미리 다락에라도 피해 있으라고 했는지 모습이 보이지 않았다. 덴마가 화롯가에서 술을 마시고 있는 동안 이 방에서는 싸울 준비를 마쳤던 것이다. 오코도 방패막이가 있었기 때문에 그렇게 태연하게 굴었는지도 모른다.

"그랬었군."

덴마는 사태를 파악하고 신음 소리를 냈다.

"언젠가 아케미와 산에서 다니던 애송이가 있었지. 한 놈은 그 놈일 테고, 다른 놈은 누구지?"

"……."

마타하치와 다케조는 입을 굳게 다물고 있었다. 말보다는 행동으로 해보자는 태도였다. 그것만으로도 섬뜩한 분위기를 자아냈다.

"이 집에 남자가 있을 리가 없다. 짐작컨대 세키가하라에서 패주한 놈들이겠군. 허튼짓을 했다간 뼈도 못 추릴 줄 알아라."

"……."

"후와 마을의 쓰지카제 덴마를 모르는 놈은 이 근방에 없을 것이다. 패잔병 주제에 건방지게 굴면 어떻게 되는지 똑똑히 지켜봐라."

"……."

"애들아!"

덴마는 부하들을 돌아보며 손을 저었다. 방해가 되니 물러나 있으라는 말이다. 덴마 옆에 있던 부하 하나가 뒷걸음질로 물러나다가 화로를 밟고 "악!" 하고 비명을 질렀다. 소나무 장작에서 불티와 연기가 천장으로 솟아올랐고, 방 한쪽이 연기로 가득 찼다.

꼼짝 않고 방문 쪽을 노려보던 덴마는 "이얍!" 하고 소리를 지르며 맹렬한 기세로 뛰어들었다.

"받아라!"

대기하고 있던 마타하치는 그가 들어서는 순간 양손에 들고 있던 칼을 내려쳤으나 덴마의 재빠른 몸놀림에는 미치지 못했다. 그저 그의 칼집 끝 부분을 쨍그랑 때렸을 뿐이다.

오코는 어느새 구석으로 물러나 있었고, 바로 그 자리에 다케조가 떡갈나무 목검을 옆으로 겨눈 채 기다리고 있다가 덴마의 다리를 겨냥하여 상반신을 내던지듯 맹렬한 기세로 휘둘렀다.

어두운 방 안에서 바람을 가르는 소리가 났다.

그러자 상대는 몸을 던져 바윗덩이 같은 가슴팍으로 다케조를 밀어붙였다. 마치 커다란 곰과 맞서는 듯한 느낌이었다. 지금까지 다케조가 만난 적이 없는 강력한 압박이었다. 다케조는 목을 잡힌 채 두세 대 두들겨 맞았다. 두개골이 빠개질 것 같은 충격이었다. 그러나 가만히 참고 있던 숨을 온몸으로 뿜어내며 쓰지카제 덴마의 거대한 몸집을 들어 올려 집이 울리도록 벽을 향해 집어던졌다.

3

한 번 찍으면 절대로 그냥 놔두는 법이 없다. 물어뜯어서라도 상대를 굴복시킨다. 또 어중간하게 죽여놓는 법이 없다. 철저하게 끝장을 내고 만다.

다케조의 성격은 원래 어렸을 때부터 그랬다. 핏속에 고대 일본의 원시적인 일면을 진하게 갖고 태어난 듯 순수한 대신 야성적이었고, 문화라는 빛도 쬐지 못하고 학문에 의한 지식도 아직 갖추지 못한, 그야말로 태어날 때 그대로의 성격이었다. 아버지인 무니사이조차 다케조를 별로 좋아하지 않았던 것은 그런 데 원인이 있었던 것 같다.

그 성질을 고치려고 무니사이가 이따금 가한 무사적인 응징은 오히려 호랑이 새끼의 이빨을 날카롭게 해준 결과를 낳았다. 마을 사람들이 악동이라고 싫어하면 싫어할수록 점점 더 멋대로 자란 이 야생마는 사람들을 함부로 대하고 마을의 산과 들을 제 것인 양 활개치고 다니는 것만으로는 성에 차지 않아서 당치도 않은 꿈을 품고 결국 세키가하라까지 나왔던 것이다.

세키가하라는 다케조에게 현실이 어떤 것인지를 가르쳐준 첫 번째 세상이었다. 이 청년의 꿈은 보기 좋게 부서져버렸다. 그러나 애초부터 알몸뚱이였으니 젊은 날의 한 걸음이 좌절되었다고 해서 앞날도 절망적이라고는 전혀 생각하지 않았다.

게다가 오늘 밤엔 생각지도 못한 먹잇감이 걸려들었다. 노부시의 우두머리라는 쓰지카제 덴마다. 세키가하라에서 이런 적을 상대하기를 얼마나 고대했던가.

"비겁한 놈, 거기 서라!"

다케조는 소리를 지르면서 캄캄한 들판을 쏜살같이 달려가고 있었다.

덴마는 열 걸음쯤 앞에서 역시 허공을 겅중겅중 뛰며 도망가고 있었다.

다케조의 머리카락은 올올이 곤두섰다. 바람이 귓불을 스치며 웅웅거린다. 유쾌하다 못해 참을 수 없는 쾌감을 느꼈다. 다케조의 피는 몸이 달릴수록 짐승에 가까운 희열로 끓어올랐다.

"이얍!"

그의 그림자가 덴마의 등에 포개지듯이 달려드는 순간 떡갈나무 목검에서 피가 튀고 처참한 비명이 들렸다.

쓰지카제 덴마의 큰 몸뚱이는 땅을 울리며 나뒹굴었고, 두개골은 곤약처럼 뭉개졌고, 두 눈알은 얼굴 밖으로 튀어 나왔다.

두 번, 세 번, 연이어서 목검으로 내려치자 부러진 뼈들이 살갗을 뚫고 희끗희끗 튀어나왔다.

다케조는 이마의 땀을 훔쳤다.

"맛이 어떠냐? 대장……."

씩씩하게 한 번 돌아다보고는 바로 왔던 길을 되돌아간다. 마치 아무 일도 없었던 것처럼. 만약 상대가 강했다면 자신이 저렇게 버려졌을 것이다.

"다케조냐?"

멀리서 마타하치의 목소리가 들렸다.

"응."

넋이 빠진 듯한 목소리로 대답하고 다케조가 주위를 둘러보고 있을 때였다.

"어떻게 됐어?"

뛰어오는 마타하치의 모습이 보였다.

"죽였어. ……너는?"

다케조는 대답하고 물었다.

"나도."

칼자루에 감은 끈까지 피로 더러워져 있는 것을 다케조에게 보여주며 마타하치는 가슴을 펴고 자랑스럽게 말했다.

"나머지 놈들은 도망갔어. 노부시라는 놈들은 다 약골이야."

두 사람은 피 칠갑을 하고도 어린애처럼 재미있어하며 웃었다. 피 묻은 목검과 피 묻은 칼을 늘어뜨린 채 뭐라고 신나게 떠

들면서 이웃고 멀리 저편에 보이는 뜸쑥집의 불빛을 향해 걷기 시작했다.

4

야생마가 창문으로 고개를 들이밀고 집 안을 두리번거렸다. 코를 킁킁거리며 요란하게 숨을 쉬자 그곳에서 자고 있던 두 사람은 눈을 떴다.

"이놈의 말이."

다케조는 말의 얼굴을 손바닥으로 후려쳤다. 마타하치는 주먹으로 천장을 찌를 듯이 늘어지게 기지개를 켰다.

"아함! 잘 잤다."

"해가 중천이야."

"벌써 저녁은 아니겠지?"

"설마."

하룻밤 자고 나면 이미 어제의 일은 머릿속에 없다. 두 사람에겐 오직 오늘과 내일이 있을 뿐이었다. 다케조는 얼른 뒤뜰로 뛰어가서 윗도리를 벗어던지고 맑고 찬 냇물에 몸과 얼굴을 씻고 햇볕과 깊은 하늘의 대기를 가슴 한 가득 들이마시듯이 벌렁 드러누웠다.

마타하치는 마타하치대로 잠에서 깬 얼굴 그대로 화로 방으로 가서 거기 있는 오코와 아케미에게 아침 인사를 했다.

"안녕?"

일부러 쾌활하게 말했다.

"아주머니, 왠지 우울해 보이네요."

"그렇게 보여요?"

"왜 그러세요? 아주머니의 남편을 죽였다는 쓰지카제 덴마는 때려죽였고, 그 부하들도 혼내주었으니 우울해할 일이 없잖아요."

마타하치가 이상하게 여기는 것도 당연했다. 덴마를 죽였다는 것은 어쨌든 이 모녀가 기뻐해야 할 일이라고 잔뜩 기대하고 있었는데, 어젯밤에도 아케미는 손뼉을 치며 좋아했지만 오코는 오히려 불안한 표정을 보였다.

그 불안을 오늘까지 가지고 와서 화롯가에 침울하게 앉아 있는 오코가 마타하치에게는 불만스러웠으나 그 이유를 알 수 없었다.

"왜, 왜 그래요, 아주머니?"

아케미가 따라준 차를 들고 마타하치는 자리에 앉았다. 오코는 세상 물정을 모르는 젊은이의 무딘 신경이 부럽다는 듯 엷은 웃음을 지었다.

"마타하치 님, 쓰지카제 덴마에게는 아직 수백 명의 부하들이 있어요."

"아, 알겠다. 그러니까 놈들이 복수하러 올까 봐 두려워하고 있는 거죠? 그런 놈들이야 나랑 다케조가 있으면……."

"안 돼요."

그녀는 가볍게 손을 저었다.

마타하치는 어깨를 으쓱이며 말했다.

"뭐가 안 된다는 거죠? 그런 벌레 같은 놈들은 몇 명이든 오라고 해요. 아니면 아주머니는 우리가 약하다고 생각하는 거예요?"

"아직, 아직 당신들은 내가 보기에는 갓난아기예요. 덴마에게는 쓰지카제 고헤이辻風黃平라는 동생이 있는데 그자가 혼자 와도 당신들 둘로는 상대가 되지 않아요."

마타하치에게는 뜻밖의 말이었다. 하지만 오코의 말을 듣고 있으려니 점점 그럴 수도 있겠구나, 라는 생각이 들지 않는 것도 아니었다. 쓰지카제 고헤이는 기소木曾의 야스 강野洲川에 큰 세력을 갖고 있을 뿐만 아니라 무예의 달인이고 유능한 닌자라서 이자가 죽이려고 작정한 사람치고 제 명에 죽은 사람은 일찍이 없었다고 한다. 정면으로 도전해온다면 어떻게 막을 수도 있겠지만, 잠을 자고 있는데 목을 따가는 데는 당해낼 재간이 없다는 것이다.

"그런 놈한테는 취약인데, 나 같은 잠꾸러기는."

마타하치가 턱을 괴고 생각에 잠기자 오코는 이왕 이렇게 된 이상 어쩔 수 없으니까 이 집을 정리하고 어딘가 다른 고장으로 가서 살 수밖에 없다며 두 사람은 어떻게 할지 물었다.

"다케조와 상의해봐야겠어요. 이 녀석은 어디 간 거야?"

밖에도 없었다. 손으로 햇빛을 가리고 멀리 바라다보니 방금 전까지 집 주변을 어슬렁거리던 야생마의 등에 뛰어올라 이부키 산의 기슭을 달리고 있는 다케조의 모습이 멀리 조그맣게 보였다.

"하여간 태평한 녀석이야."

마타하치는 중얼거리고 양손으로 손나팔을 만들었다.

"어이, 다케조. 돌아와!"

5

두 사람은 마른 풀 위에 누웠다. 친구만큼 좋은 것은 없다. 누워서 뒹굴거리며 이야기를 해도 된다.

"그럼, 우리는 역시 고향으로 돌아가기로 한단 말이지?"

"돌아가자. 언제까지 저 모녀와 함께 살 수는 없잖아."

"흐음."

"난 여자가 싫어."

다케조가 말했다.

"그래, 그럼 그렇게 하자."

마타하치는 몸을 돌려 하늘을 향해 누웠다. 그리고 푸른 하늘에 대고 외치듯이 말했다.

"돌아가기로 정하고 나니 갑자기 오쓰가 보고 싶다!"

다리를 버둥거리다 하늘을 가리킨다.

"제기랄, 오쓰가 머리를 감았을 때처럼 풍성한 구름이 떠 있네."

다케조는 자기가 타던 야생마의 엉덩이를 보고 있었다. 사람들도 보면 자연을 벗 삼아 사는 사람 중에 성격이 좋은 사람이 있듯이 말도 야생마는 마음씨가 좋다. 볼일이 끝나면 아무것도 요구하지 않고 혼자서 멋대로 어디론가 가 버린다.

그때 저편에서 아케미가 부르는 소리가 들렸다.

"식사하세요."

"밥이다."

두 사람은 벌떡 일어났다.

"마타하치, 달리기 시합이다."

"좋아. 누가 질 줄 알고?"

아케미는 손뼉을 치며 풀 먼지를 일으키면서 뛰어오는 두 사람을 맞이했다.

그런데 아케미는 점심때가 지나고 나자 갑자기 침울해졌다. 두 사람이 고향으로 돌아가기로 했다는 말을 들었기 때문이다. 이 소녀는 두 사람과 함께 지내는 유쾌한 생활이 앞으로도 오랫동안 지속될 것이라고 생각하고 있었던 모양이다.

"이 바보야, 넌 뭘 그렇게 훌쩍거리고 있어?"

밤 화장을 하면서 오코는 아케미를 나무랐다. 그리고 화롯가에 있는 다케조를 거울 속에서 째려보았다.

다케조는 문득 어젯밤 머리맡에 찾아왔던 오코의 속삭임과 향긋한 머리 냄새가 떠올라 고개를 돌렸다.

옆에는 마타하치가 있었다. 술 단지를 선반에서 꺼내 자기 것처럼 멋대로 술병에 따르고 있었다. 오늘 밤이면 이별이니 만취하도록 마시자는 것이다. 오코는 평소보다 더 정성을 들여 화장했다.

"있는 대로 다 마셔버리자구요. 마루 밑에 두고 간다는 건 용서가 안 돼요."

술 단지를 세 개나 비웠다.

오코는 마타하치에게 기대 다케조가 고개를 돌릴 정도로 추태를 부렸다.

"나…… 이제 걸을 수가 없어."

마타하치에게 애교를 부리며 잠자리까지 부축을 받고 갈 정도였다. 그리고 다케조에게 앙갚음하듯이 빈정대며 말했다.

"다케조 님은 거기서 혼자 자요. 혼자 있는 걸 좋아하니까."

오코의 말대로 다케조는 그 자리에 누워버렸다. 몹시 취해 있었고, 밤도 깊었던 터라 눈을 떴을 때는 이미 다음 날 해가 쨍쨍 내리쬘 무렵이었다.

자리에서 일어나 방에서 나오자마자 그가 느낀 것은 집 안이 휑하다는 것이었다.

"어라?"

어제 아케미와 오코가 꾸려놓은 짐이 없었다. 옷도 신발도 사라져버렸다. 모녀의 모습뿐만 아니라 마타하치도 보이지 않았다.

"마타하치! ……어이!"

뒤뜰에도 헛간에도 없었다. 단지 활짝 열려 있는 부엌의 문턱 끝에 오코가 쓰던 하얀 빗이 하나 떨어져 있을 뿐이었다.

"어……? 마타하치 이놈이……."

빗을 코에 대고 냄새를 맡아보았다. 그 냄새는 그저께 밤의 무서운 유혹을 떠올리게 했다. 마타하치는 그 유혹에 진 것이었다. 뭐라 표현할 수 없는 허전함이 가슴속에 밀려왔다.

"바보 같은 놈, 오쓰는 어떡하라고……."

빗을 바닥에 내동댕이쳤다. 자신의 분노보다도 그를 고향에서 기다리고 있을 오쓰 때문에 울고 싶었다.

낙담해서 언제까지고 부엌에 털썩 주저앉아 있는 다케조를 보고 어제의 야생마가 처마 밑에서 느릿느릿 얼굴을 내밀었다. 평소처럼 다케조가 콧등을 쓰다듬어주지 않자 말은 설거지통에서 퉁퉁 불어 있는 밥알을 핥아먹기 시작했다.

화어당

1

산 너머 산이라는 말은 이 고장에 가장 잘 어울리는 말이다. 반슈의 다쓰노龍野 초입부터 이미 산길인 사쿠슈 가도는 산에서 산으로만 이어져 있고 지방 경계인 보구이棒杭도 산맥의 산등성이에 자리 잡고 있었다. 스기 고개杉坂를 넘고, 또 나카 산고개中山峠를 넘으면 마침내 아이다 강英田川의 협곡이 발 아래로 내려다보이는 지점까지 다다르게 된다.

'우와, 이런 곳에도 인가가 있나?'

이곳을 지나는 나그네들은 일단 거기서 눈을 동그랗게 뜨게 마련이었다.

게다가 가구 수도 꽤 된다. 강가와 고개 중턱, 자갈밭 등지에 부락이 모여 있었는데, 세키가하라 전투가 벌어지기 전인 작년까지만 해도 이 강을 10정쯤 거슬러 올라가면 작은 성이지만 신멘 이가노카미의 일족이 살고 있었고, 좀 더 안으로 들어가면 인슈因州와의 경계인 시도 고개志戸坂의 은산銀山에는 지금도 광부들이 많이 오고 있었다.

또 돗토리鳥取에서 히메지姫路로 나오는 자, 다지마但馬에서 산을 넘어 비젠備前으로 왕래하는 여행객 등, 이 산속 마을로 여러 고장의 사람들이 꽤 많이 흘러들어왔기 때문에 첩첩산중이라고는 해도 여인숙도 있고, 포목전도 있고, 밤만 되면 분칠로 하얀 박쥐 같은 얼굴을 한 화류계 여자들도 처마 밑에 나와 있곤 했다.

여기가 바로 미야모토 마을이다.

돌을 올려놓은 지붕들이 눈 아래로 보이는 싯포 사의 툇마루 끝에서 오쓰는 멍하니 구름을 보면서 생각에 잠겨 있었다.

'아, 벌써 1년이 다 되어가는구나.'

고아로 절에서 자란 탓인지 오쓰라는 아가씨는 향로의 재처럼 서늘하고 쓸쓸해 보였다.

나이는 작년에 열여섯, 약혼자인 마타하치보다 한 살 어렸다.

그 마타하치는 같은 마을의 다케조와 함께 작년 여름 전쟁에 나간 뒤 그해가 저물도록 감감무소식이었다.

정월에는, 2월에는 혹시나 하고 막연히 소식이라도 오기를 기다렸지만 요즘엔 기다리기에도 지쳤다. 벌써 올봄도 4월에 접어들고 있었다.

"다케조 님의 집에도 아무런 기별이 없다니…… 역시 두 사람다 죽은 모양이야."

이따금 그렇게 누군가에게 한숨을 내쉬며 하소연을 해보면 모두들 당연하지 않겠느냐고 말한다. 이곳 영주인 신멘 이가노카미의 일족만 하더라도 누구 하나 돌아온 사람이 없었다. 전쟁이 끝나고 그 작은 성에 들어가 있는 사람은 모두 얼굴도 모르는 도쿠가와 쪽 무사들이라고 한다.

'남자들은 왜 전장 같은 델 나가지? 그렇게 말렸는데도…….'

오쓰는 툇마루 끝에 앉아서 한나절이나 그런 생각을 하며 시간을 보내곤 했다. 쓸쓸해 보이는 그 얼굴이 혼자서 생각하는 것을 좋아하기라도 하는 것처럼.

오늘도 그러고 앉아 있는데 누군가 그녀를 부르는 소리가 들렸다.

"오쓰야, 오쓰!"

이 절의 부엌 바깥에서 나는 소리였다. 알몸의 사내가 우물 쪽에서 걸어온다. 마치 검게 그을린 나한羅漢 같다. 3년인가 4년째 이 절에 묵고 있는 다지마에서 온 행각승으로 서른 살쯤 된 젊은 스님이다. 가슴 털이 나 있는 맨살을 햇볕에 드러내놓고 즐겁다는 듯 중얼거렸다.

"봄이구나. 봄이라서 좋긴 한데, 이蝨란 놈이 지가 무슨 후지와라 미치나가藤原道長라고 이 세상을 제 것인 양 휘젓고 다니기에 이때다 싶어서 빨래를 했다. ……그런데 이 누더기 법의를 저기 차나무에는 널어서 말리기가 어렵고, 이 복숭아나무는 꽃이 한창이니 나처럼 어설프게 풍류를 아는 사내가 빨래나 말리는 곳으로 쓰기엔 참 곤란하구나. 오쓰야, 빨래 말리는 장대는 어디 있느냐?"

오쓰는 얼굴을 붉히며 대답했다.

"참…… 다쿠안沢庵 스님도. 그렇게 벌거벗고 옷이 마를 때까지 어쩌려고 그래요?"

"잠이나 자지 뭐."

"어처구니가 없어서."

"아차, 내일 빨 걸 그랬구나. 4월 초파일 관불회니까, 이러고 앉아 있으면 감차를 끼얹어줄 텐데."

다쿠안은 자못 진지한 표정으로 양발을 모으고 손가락으로 하늘과 땅을 가리키면서 부처님 흉내를 냈다.

2

"천상천하 유아독존."

다쿠안은 힘든 줄도 모르고 짐짓 근엄한 표정으로 계속 부처님 흉내를 내고 있었다.

"호호호, 호호호. 정말 부처님 같네요, 다쿠안 스님."

"꼭 닮았지? 그도 그럴 게다. 나야말로 싯다르타 태자의 환생이 아니더냐."

"잠깐만 기다리세요. 지금 머리에서부터 감차를 뿌려드릴 테니까요."

"안 돼, 그건 사양하마."

벌이 그의 머리를 쏘려고 왔다. 석가모니님은 또다시 당황하여 벌을 향해서 양손을 휘둘렀다. 벌은 그의 훈도시褌(남성의 음부를 가리기 위한 폭이 좁고 긴 천)가 벌어진 것을 보고 그 틈으로 도망쳐 들어갔다.

오쓰는 툇마루를 뒹굴며 배를 잡고 웃었다.

"호호호. 아아, 너무 웃겨서 배가 아플 지경이에요."

다지마 태생의 슈호 다쿠안宗彭沢庵이라는 이름의 이 젊은 스님을 보고 있으면 아무리 새침한 오쓰도 매일 웃지 않을 수 없었다.

"아 참, 내가 이러고 있을 때가 아닌데."

짚신으로 하얀 발을 뻗었을 때 다쿠안이 물었다.

"오쓰야, 어디 가려고?"

"내일이 4월 초파일이잖아요. 주지 스님이 말씀하신 것을 까맣게 잊고 있었어요. 매년 하는 것처럼 화어당花御堂(석가 탄일에 석가상을 안치하고 꽃으로 장식한 작은 사당)에 장식할 꽃을 꺾어다 놔야 하고, 관불회 준비를 해야 하고, 밤에는 감차도 끓여

놔야 해요."

"꽃을 꺾으러 간다고? 어디로 가면 꽃이 있는데?"

"저 아래 장원의 강가에요."

"같이 가 줄까?"

"저 혼자 가도 돼요."

"화어당에 장식할 꽃을 혼자 꺾어오기는 힘들 거야. 나도 도와줄게."

"그렇게 발가벗고요? 보기 흉해요."

"사람은 원래 알몸으로 태어났어. 상관없다."

"따라오시는 건 싫어요!"

오쓰는 도망치듯이 절 뒤편으로 뛰어갔다. 이윽고 바구니를 등에 메고 낫을 들고 뒷문으로 몰래 빠져나가자, 다쿠안도 어디서 찾았는지 이불이라도 쌀 것 같은 큰 보자기를 몸에 두른 채 뒤따라왔다.

"어머……."

"이러면 괜찮겠지?"

"마을 사람들이 웃겠어요."

"왜 웃어?"

"아유, 좀 떨어져서 오세요."

"맘에도 없는 말 한다. 속으로는 사내랑 나란히 걷는 게 좋으면서."

"몰라요!"

오쓰가 먼저 뛰어갔다. 다쿠안은 개의치 않고 마치 설산에서 내려온 석가처럼 보자기 자락을 펄럭거리면서 뒤에서 따라오고 있었다.

"하하하, 화났니? 오쓰야, 화내지 마라. 그렇게 불퉁한 표정을 지으면 애인이 싫어한단다."

마을에서 4, 5정쯤 내려간 아이다 강의 강가에는 봄꽃이 흐드러지게 피어 있었다. 오쓰는 바구니를 내려놓고 나비들에 둘러싸여서 어느새 낫으로 꽃을 베고 있었다.

"정말 평화롭구나."

다쿠안은 젊어서 다감한, 그리고 종교인다운 감탄사를 연발하며 오쓰 옆에 섰다. 오쓰가 부지런히 꽃을 베고 있는데도 도울 생각은 하지 않는다.

"……오쓰야, 지금 네 모습이 바로 평화 그 자체로구나. 인간은 누구나 이렇게 온갖 꽃들로 만발한 정토에서 생을 즐길 수 있어야 할 터인데, 사서 울고, 사서 고민하며 애욕과 수라의 도가니 속으로 스스로를 밀어 넣고 팔한십열八寒十熱의 불꽃에 몸을 사르지 않으면 직성이 풀리지 않는가 보다. ……오쓰야, 너만은 그리 되지 않았으면 좋겠구나."

3

유채꽃, 쑥갓, 양귀비, 들장미, 제비꽃…… 오쓰는 베는 족족 바구니에 넣으며 놀렸다.

"다쿠안 스님, 저한테 설교하시는 것도 좋지만 스님 머리나 또 벌한테 쏘이지 않도록 조심하세요."

다쿠안은 오쓰의 말을 무시하고 계속 자기 말만 했다.

"바보야, 벌 이야기가 아니야. 한 여인의 운명에 대해 난 부처님의 가르침을 전하고 있는 거란다."

"오지랖도 넓으시지."

"그래그래, 제대로 갈파했다. 중이라는 직업은 정말이지 쓸데없이 참견하는 게 일이지. 하지만 싸전이나 포목전, 목수, 무사 따위와 마찬가지로 이 또한 이 세상에 불필요한 일이 아니니 있어도 이상할 건 없다고 본다. 또 애당초 중과 여인네는 3000년 전 옛날부터 사이가 좋지 않았다고 하지 않느냐. 여자는 야차, 마왕, 지옥사자 따위로 불법에서는 가르치고 있으니까 말이다. 너와 내 사이가 나쁜 것도 다 숙명인 게야."

"여자가 왜 야차예요?"

"남자를 속이니까."

"남자도 여자를 속이잖아요?"

"잠깐만, 그 말엔 대꾸하기가 곤란하구나. ……아아, 그래! 알았다."

"그럼, 대답해보세요."

"부처님이 남자였어……."

"엉터리!"

"하지만 여인이여……."

"아이, 시끄러워요."

"여인이여, 그렇게 비뚤어지게만 보지 말고. 부처님도 젊었을 때는 보리수 아래에서 욕염慾染과 능열能悅, 가애可愛 등등의 마녀들에게 하도 시달리는 바람에 여성을 심히 나쁘게 본 것이었으나 만년이 되자 여자 제자도 두셨단다. 용수보살龍樹菩薩은 부처님 못지않게 여자를 싫어하고…… 아니지 그게…… 여자를 무서워한 분이셨는데, 순종하는 자매, 사랑스럽고 즐거운 친구, 마음을 편안하게 하고 위로가 되는 어머니, 공손한 여종, 이 넷을 사현양처四賢良妻라 말씀하시고 모름지기 남자들은 이런 여성을 고르라시며 여성의 미덕을 칭송하셨다."

"역시 남자들한테만 좋은 말씀뿐이네요."

"그건 고대의 천축국이 우리보다 남존여비가 훨씬 심한 나라였으니까 어쩔 수 없다. 그리고 용수보살은 여인들에게 이런 말씀을 하셨단다."

"어떤 말씀인데요?"

"여인이여, 그대는 남성에게 시집갈지어다."

"별말씀을 다 하셨네."

"끝까지 들어보지도 않고 비아냥거리면 못써. 그 뒤에는 이런 말씀이 따르지. 여인이여, 그대는 진리에 시집가거라."

"……."

"알겠느냐? 진리에 시집가거라. 쉽게 말하면 남자에게 반하지 말고 진리에 반하라는 뜻이야."

"진리가 뭐죠?"

"그렇게 물으니 나도 아직 잘 모르겠는걸?"

"호호호."

"말하자면, 흔히 얘기하듯이 진실과 결혼한다는 것이랄까? 그러니까 도시의 경박한 남성을 동경하여 그의 아이를 밸 것이 아니라 자기가 태어난 고향에서 착한 아기를 낳는 것이지."

"또……."

오쓰는 한 대 때릴 것 같은 시늉을 하고 화제를 돌렸다.

"다쿠안 스님, 스님은 제가 꽃을 꺾는 걸 도와주러 오신 거 아니었나요?"

"그럴 거야, 아마."

"그럼, 말씀만 하시지 말고 낫질이나 좀 해주세요."

"그야 쉬운 일이지."

"그동안 저는 오긴 님 댁에 가서 내일 맬 허리띠를 다 만들어 놓았을지도 모르니까 받아올게요."

"오긴 님이라. 아아, 언젠가 절에서 본 그 여인의 집인가? 나도 갈래."

"그런 모습으로요?"

"목이 말라서 그래. 차라도 좀 얻어 마시려고."

4

여자의 나이는 이미 스물다섯 살이다. 얼굴이 박색도 아니고 집안도 괜찮은 편이라 오긴에게 혼담이 없는 것은 아니었다.

다만 동생인 다케조가 인근에서 제일가는 망나니였고, 혼이덴本位田 마을의 마타하치와 미야모토 마을의 다케조는 소년 시절부터 악동의 표본으로 불리던 터라 '저런 동생이 있으니.'라며 꺼려하는 사람도 더러 있었다.

그래도 조신하고 교양이 있는 오긴을 보고 청혼하러 오는 사람도 종종 있었지만, 그때마다 그녀가 거절하는 이유로 대는 말은 늘 "동생 다케조가 좀 더 어른이 되기 전까지는 제가 엄마 노릇을 해주어야 되어서요."라는 것이었다.

이 집은 신멘 가에서 무예를 가르치던 아버지 무니사이가 신멘이라는 성姓을 주군에게서 허락받았던 전성기 시절에 지은 것이다. 아이다 강의 강가를 내려다보며 돌로 쌓아올리고 흙담을 두른 구조는 고시의 신분으로는 과분한 것이었다. 그러나 그 넓은 집은 낡아서 지금은 지붕엔 창포가 자라 있고, 그 옛날 짓테 술을 연마하는 도장으로 쓰던 곳의 높은 창과 처마 사이에는 제비 똥이 허옇게 쌓여 있었다.

무니사이가 오랜 낭인 생활 끝에 가난하게 세상을 떠났기 때문에 그 후로는 심부름꾼 하나 남지 않았지만, 고용살이를 하던 사람들이 모두 이 미야모토 마을 사람들뿐이라 그 시절의 할멈이며 하인들이 번갈아가며 찾아와서는 말없이 부엌에 채소를 놓고 가기도 하고, 쓰지 않는 방을 청소하고 가기도 하고, 물독에 물을 채워놓고 가는 등, 쇠락한 무니사이의 집을 보살펴주고 있었다.

지금도 누군가가 뒷문을 열고 들어오는 기척이 났지만, 아마도 그런 사람들 중의 하나이겠거니 하고 안채에서 바느질을 하던 오긴은 일손을 멈추지 않았다.

"오긴 님, 안녕하세요?"

오쓰가 소리도 없이 뒤에 와 앉아 있었다.

"누군가 했더니…… 오쓰였군요? 지금 한창 오쓰의 허리띠를 만들고 있던 참이었는데, 내일 관불회 때 맬 거죠?"

"예, 바쁘실 텐데 죄송해요. 제가 만들어도 되는데 절에도 할 일이 많아서요."

"아니에요. 어차피 나야말로 시간이 남아돌아서 곤란할 지경인걸요. ……뭐라도 하고 있지 않으면 금방 딴 생각이 들어서 안 돼요."

무심코 오긴의 뒤를 바라보니 등잔불 접시에 작은 불이 켜져 있었다. 거기에 있는 불단에는 그녀가 쓴 듯한 두 장의 종이 위패가 붙어 있었고, 조촐하게 물과 꽃도 놓여 있었다.

향년 십칠 세 신벤 다개조의 영

동년 혼이덴 마타하치의 영

"어머……."

오쓰는 눈을 깜빡이면서 물었다.

"오긴 님, 두 분 다 돌아가셨다는 기별이라도 왔었나요?"

"아니요. 하지만…… 죽었다고밖에 달리 생각할 수 없잖아요. 나는 이미 단념했어요. 세키가하라 전투가 있었던 9월 보름날을 기일로 생각하고 있어요."

"그런 불길한 소리는 하지 마세요."

오쓰는 고개를 세차게 가로저었다.

"그 두 사람이 어디 쉽게 죽을 사람들인가요? 이제 곧 틀림없이 돌아올 거예요."

"오쓰는 마타하치 님의 꿈을 꾸나요?"

"예, 몇 번이나요."

"그럼, 역시 죽은 거예요. 나도 동생 꿈만 꾸니까."

"싫어요, 그런 이야기를 하시면. 이런 건 불길하니까 떼어버려요."

오쓰의 눈에는 금세 눈물이 고였다. 그녀는 일어나서 불단 앞의 등잔불을 꺼버렸다. 그러고도 아직 불길함이 풀리지 않는다는 듯 불단에 바친 꽃과 물그릇을 양손에 들고 옆방 툇마루 끝으로 가서 물을 쏟아버렸다. 마침 툇마루 끝에 앉아 있던 다쿠안이 그 물을 뒤집어쓰고 펄쩍 뛰며 소리쳤다.

"앗, 차가워!"

5

다쿠안은 걸치고 있던 보자기로 얼굴과 머리에 묻은 물을 닦으면서 짐짓 무서운 표정으로 말했다.

"오쓰야, 이게 무슨 짓이냐? 이 집에서 차를 얻어 마시자고 했지 누가 물을 끼얹어달라더냐?"

오쓰는 울다가 웃었다.

"죄송해요, 다쿠안 스님. 정말로 죄송해요."

오쓰는 사과를 하고 기분도 맞춰준 뒤 원하던 차까지 타주고 나서야 겨우 방으로 돌아왔다.

"저분은 누구예요?"

오긴은 툇마루 쪽을 바라보며 물었다.

"절에 묵고 계시는 젊은 행각승이세요. 아, 맞다. 언젠가 오긴 님이 절에 왔을 때 본당의 양지바른 곳에서 턱을 괴고 졸고 계시던 분 있잖아요? 그때 제가 뭐 하고 계시냐고 물었더니 몸에 있는 이들에게 씨름을 붙여주고 있다고 대답하신 지저분한 스님 말이에요."

"아…… 그분."

"예, 슈호 다쿠안 스님이라는 분이에요."

"좀 별난 분이시네요."

"많이 별난 분이시죠."

"법의도 아니고, 가사도 아닌 것 같은데, 도대체 뭘 입고 계신 거죠?"

"보자기요."

"어머…… 아직 젊지 않나요?"

"서른하나래요. 그래도 주지 스님께 여쭤보니까 저분도 대단히 훌륭한 분이라네요."

"저래 봬도 꽤 훌륭하신 분인가 보네요. 사람은 겉만 보고는 모르는 법이니까요."

"다지마의 이즈시出石 마을에서 태어나 열 살 때 사미沙彌(십계十戒를 받고 구족계具足戒를 받기 위하여 수행하고 있는 어린 남자 승려)가 되었다네요. 열네 살 때 린자이臨濟의 쇼후쿠 사勝福寺에 들어가서 기센希先 화상께 귀계歸戒(삼보三寶에 귀의하는 계법)를 받았고, 야마시로山城의 다이토쿠 사大德寺에서 온 석학碩學을 따라 다니며 교토와 나라奈良에서도 공부를 하셨고, 묘신 사妙心寺의 구도愚堂 화상이라든가 센난泉南의 잇토一凍 선사에게도 가르침을 받으며 많은 공부를 하셨다고……."

"그랬군요. 어딘지 범상치가 않아 보여요."

"그러고 나서 이즈미和泉 난슈 사南宗寺의 주지 스님이 되셨다가 칙명을 받고 다이토쿠 사의 좌주座主(절의 교무를 주관하는 수석 승려)에 임명된 적도 있다는데, 다이토쿠 사에서는 사흘 만에 뛰쳐나오셨다고 하네요. 그 후 도요토미 히데요리豊臣秀頼 님과 아사노 요시나가浅野幸長 님, 호소카와 다다오키細川忠興 님을 비롯해 조정 대신 중에서는 가라스마루 미쓰히로烏丸光廣 님 같은 분들이 다쿠안 스님을 아껴서 저마다 절을 세워줄 테니 와달라든가, 사록寺祿을 봉납할 테니 머물러달라고 했다는데, 정작 당사자는 무슨 생각을 하셨는지는 모르지만, 전부 다 거절하고 이하고만 사이좋게 지내시며 거지처럼 여러 고장을 떠돌아다니신대요. 정신이 좀 이상한 건 아닌지 모르겠어요."

"하지만 스님께서 보시기엔 우리가 이상할지도 몰라요."

"정말 그렇게 말씀하셨어요. 제가 마타하치 님을 생각하며 혼자 울고 있으면……."

"아무튼 재미있는 분이군요."

"너무 지나치게 재미있어서 걱정이죠."

"얼마나 계신대요?"

"그걸 어떻게 알겠어요? 언제나 바람처럼 왔다가 바람처럼 사라지는데. 마치 아무 집이고 자기 집같이 생각하고 있는 것 같아요."

툇마루 쪽에서 다쿠안이 몸을 일으키며 말했다.

"다 들린다, 다 들려."

"욕하는 거 아니니까 걱정 마세요."

"욕은 해도 상관없지만 뭐 단것 좀 없을까?"

"항상 저러세요, 다쿠안 스님은."

"뭐가 항상 저래? 너야말로 벌레도 죽이지 못하는 얼굴을 하고 실제로는 참 못됐어."

"무슨 말씀이세요?"

"씹을 것도 없이 차 한 잔 달랑 내주고 사랑 이야기나 하고, 울기나 하는 녀석이 어딨어?"

6

다이쇼 사大聖寺의 종이 울렸다.

싯포 사의 종도 울렸다.

날이 새자마자 바로 시작되어서 정오가 지나도록 이따금 뎅뎅 울린다. 빨간 허리띠를 맨 마을 처녀, 장사꾼 아낙네들, 손자의 손을 잡고 오는 노파들이 끊임없이 절이 있는 산으로 올라왔다.

젊은이들은 참배객들로 북적이는 싯포 사의 본당을 기웃거리면서 오쓰를 보고 수군거렸다.

"있다, 있어."

"오늘은 더 예쁘게 차려입었네."

오늘은 4월 초파일, 관불회 날이다. 본당 안에는 보리수 잎으로 지붕을 이고, 들풀과 들꽃으로 기둥을 두른 화어당이 만들어져 있었다. 화어당 안에는 관불 통에 감차가 가득 담겨 있고, 두 척쯤 되는 석가모니의 검은 입상이 하늘과 땅을 가리키고 있다.

슈호 다쿠안은 작은 대나무 국자를 들고 부처님의 머리에서부터 감차를 붓거나, 참배객들의 요구에 따라 차례차례 내미는 대나무 통에 감차를 따라주곤 했다.

"이 절은 가난한 절이니 시줏돈은 되도록 많이 놓고 가시오. 부자는 더 많이 내시오. 감차 한 잔에 100관의 돈을 놓고 가면 100관만큼 고뇌가 가벼워진다는 것은 소승이 보증하리다."

새로 만든 허리띠를 맨 오쓰는 화어당을 사이에 두고 맞은편 왼쪽에 옻칠한 상을 놓고 앉아 있었다. 거기서 금으로 무늬가 새겨진 벼룻집을 놓고 오색 종이에 주문을 써서 그것을 원하는 참배객들에게 나누어주었다.

피가 끓어오르는

4월 초파일은 길일이라.

구더기를

다스리노라.

이 지방에서는 집 안에 이 종이를 붙여놓으면 해충이나 악질惡疾을 막아준다고 전해져 내려오고 있었다.

오쓰는 손목이 아플 정도로 같은 노래를 수백 장이나 쓰고 있었다. 고제이行成 풍(헤이안平安 시대 중기의 서예가 후지와라 유키나리藤原行成의 서체)의 쉬운 문체도 수백 장이나 쓰고 있자니 피곤한 건 어쩔 수 없었다.

“다쿠안 스님.”

그녀는 기회를 보고 있다가 말했다.

“왜?”

“사람들한테 시줏돈을 너무 독촉하지 말아주세요.”

“부자들한테 하는 말이야. 부자들의 지갑을 가볍게 해주는 것은 최고의 선행이란다.”

“그러다가 만약 오늘 밤 마을의 부잣집에 도둑이라도 들면 어쩌시려고요?”

“……이런, 조금 뜸하나 싶었더니 또 참배객들이 몰려오는군. 밀지 마시오. 밀지 마……. 어이, 젊은이 차례를 지켜요.”

"여보시오, 스님."

"나 말인가?"

"차례를 지키라면서 스님은 왜 여자한테만 먼저 떠주고 계시오?"

"나도 여자가 좋으니까 그렇지."

"이런 허랑방탕한 땡추 같으니."

"잘난 체하긴. 너희들도 감차나 부적을 얻으려고 오는 게 아니잖아? 나도 다 알아. 부처님께 합장하러 오는 사람이 절반이고 오쓰의 얼굴을 보러 오는 놈이 절반. 너희들도 그 패거리지? 어어, 왜 시줏돈을 내지 않는 거야? 그런 소갈머리로 어떤 여자가 좋아하겠나?"

오쓰는 얼굴이 빨개져서 말했다.

"다쿠안 스님, 어지간히 좀 하세요. 정말로 저 화낼 거예요?"

그리고 피곤한 눈이라도 쉬려는 듯 멍하니 있다가 문득 참배객에 섞여 있는 한 젊은이의 얼굴을 보고 소리를 지르며 쥐고 있던 붓을 떨어뜨렸다.

"어머!"

그녀가 일어나는 것과 동시에 그녀가 본 얼굴은 물고기처럼 재빨리 숨어버렸다.

"다케조 님, 다케조 님!"

오쓰는 정신없이 복도 쪽으로 뛰어갔다.

들녘의 사람들

1

단순한 농사꾼이 아니다. 반은 농사꾼이고 반은 무사다. 소위 말하는 고시다.

혼이덴 가에는 누구의 말도 듣지 않는 완고한 노모가 있는데 바로 마타하치의 어머니다. 벌써 예순이 다 되어가지만 젊은이나 소작인들보다 먼저 들에 나가 밭의 김을 매고, 보리도 밟는다. 어두워질 때까지 그렇게 종일 일을 하고 돌아오면서도 빈손으로 오는 경우가 없었다. 허리가 굽은 몸이 안 보일 정도로 뽕잎을 잔뜩 짊어지고 와서는 잠도 안 자고 누에를 치는 악착같은 오스기お杉 노파였다.

"할머니!"

코흘리개 손자가 밭 저편에서 맨발로 뛰어오고 있는 것을 보고 오스기는 뽕밭에서 허리를 펴며 물었다.

"오, 헤이타丙太구나. 너, 절에 갔었니?"

헤이타는 뛰어오며 대답했다.

"갔었어요."

"오쓰는 있든?"

"있었어요. 할머니 오늘은 오쓰 누나가 예쁜 허리띠를 매고 있었어요."

"감차랑 부적은 받아왔니?"

"아니요."

"왜 안 받아왔어?"

"오쓰 누나가 그런 건 안 가져가도 되니까, 빨리 할머니한테 알려주러 집에 가라고 했어요."

"뭘?"

"오쓰 누나가 강 건너에 사는 다케조가 오늘 절에 온 것을 봤대요."

"정말이냐?"

"정말이에요."

"……."

오스기는 눈물을 글썽이며 아들인 마타하치의 모습이 보이기라도 하는 듯 주위를 두리번거렸다.

"헤이타, 네가 할머니 대신 여기서 뽕잎을 따고 있거라."

"할머니 어디 가요?"

"집에 가 봐야지. 신멘 가의 다케조가 돌아왔다면 마타하치도 집에 돌아와 있을 게 아니냐."

"나도 갈래요."

"바보야, 넌 오지 않아도 돼."

커다란 떡갈나무에 둘러싸여 있는 토호土豪의 집이다. 오스기는 헛간 앞으로 달려가 거기서 일하고 있는 분가한 딸과 머슴을 향해 소리쳤다.

"마타하치가 돌아오지 않았느냐?"

모두들 의아한 표정으로 고개를 가로저었다.

"아니요."

그러나 흥분한 노모는 의아해하는 사람들을 보며 멍청하다고 야단쳤다. 아들은 벌써 마을에 돌아와 있을 것이다. 신멘 가의 다케조가 마을을 돌아다니고 있는 이상, 마타하치도 함께 돌아와 있을 것이 틀림없다. 빨리 찾아서 집으로 데리고 오라고 불호령을 내렸다.

마타하치의 집에서도 세키가하라 전투가 있던 날을 소중한 아들의 제삿날로 생각하며 시름에 잠겨 있었다. 하물며 오스기는 마타하치를 눈에 넣어도 아프지 않을 정도로 애지중지하고 있었다. 마타하치의 누나는 결혼과 함께 분가시켰기 때문에 마타하치가 혼이덴 가의 유일한 후계자이기도 했다.

"찾았느냐?"

오스기는 집을 들락날락하며 자꾸만 물었다. 이윽고 해가 지자 조상의 위패에 불을 밝히고 뭔가를 염원하듯이 그 아래에 앉아 있었다.

집안사람들은 저녁식사도 하지 못하고 모두 나가 있었다. 밤이 되어도 그들로부터는 좋은 소식이 좀처럼 들려오지 않았다. 오스기는 또다시 어두운 문 밖으로 나가 시간 가는 줄 모르고 서 있었다.

희뿌연 달이 집을 둘러싸고 있는 떡갈나무 가지 끝에 걸려 있었고, 뒷산도 앞산도 모두 하얀 안개에 덮여 있었다.

배꽃이 피어 감미로운 향기가 떠도는 배나무 밭의 두렁에서 누군가 걸어오는 그림자가 보였다. 아들의 약혼녀라는 것을 알고 오스기는 손을 들었다.

"……오쓰냐?"

"예, 어머님."

오쓰는 젖은 신발로 무겁게 소리를 내며 뛰어왔다.

2

"오쓰, 네가 다케조를 보았다는 데 정말이냐?"

"예. 틀림없이 다케조 님이었어요. 싯포 사 관불회 때 봤어요."

"마타하치는 못 보았느냐?"

"그걸 물어보려고 급히 불렀는데 무슨 일인지 숨어버렸어요. 전부터 다케조 님은 이상한 사람이긴 했지만 어째서 제가 부르는데도 도망쳤는지 모르겠어요."

"도망쳤다고?"

오스기는 고개를 갸웃거렸다.

자기 아들 마타하치를 전쟁에 나가자고 꾀어낸 것은 신멘 가의 다케조라며 늘 원망하던 그녀는 뭔가 의심스러운 듯 생각에 잠겼다.

"그 나쁜 놈이…… 어쩌면 마타하치만 죽게 내버려두고 저는 겁이 나서 혼자 돌아왔는지도 모르겠구나."

"설마, 그런 건 아니겠지요. 설령 그렇다면 그렇다고 말하고 유품이라도 전해주었을 거예요."

"모르는 소리."

노모는 고개를 세차게 가로저었다.

"그놈이 그렇게 할 놈이더냐? 마타하치는 나쁜 친구를 사귄 게야."

"어머님."

"뭐냐?"

"제 생각에는 오늘 밤 오긴 님 댁에 가면 거기에 틀림없이 다케조 님도 같이 있을 것 같아요."

"남매간이니, 그럴 수 있지."

"그럼, 지금 저와 함께 가 보시면 어떨까요?"

"그 누나도 그렇지. 제 동생이 우리 아들을 전쟁터에 끌고 간 것을 알면서도 문안 한 번 안 오더니 다케조가 돌아왔다고 기별조차 없으니……. 우리 쪽에서 먼저 찾아갈 건 없다. 그 집에서 오는 게 당연한 도리야."

"그래도 이번엔 경우가 다르니 한시라도 빨리 다케조 님을 만나서 자세한 이야기를 들어봐야죠. 거기 가서 인사는 제가 먼저 할 테니까 어머님은 같이 가 주기만 하세요."

오스기는 마지못해 승낙했다.

아들의 안부를 알고 싶은 마음이야 오쓰 못지않았던 것이다.

신멘 가는 12정쯤 떨어진 강 너머에 있다. 그 강을 사이에 두고 혼이덴 가도 오래된 고시 집안이고, 신멘 가도 아카마쓰赤松의 혈통이라고 해서 은연중에 대립하는 사이였다.

문은 잠겨 있었다. 불빛조차 보이지 않을 정도로 나무가 빽빽하다. 오쓰가 뒷문으로 돌아가자고 하자 오스기는 그 자리에서 꼼짝도 않고 말했다.

"혼이덴의 노모가 신멘 가를 찾아왔는데 뒷문으로 들어갈 순 없다."

어쩔 수 없이 오쓰만 뒷문으로 돌아갔다. 잠시 후 문 안쪽에 등불이 켜지고 오긴이 나와서 오스기를 맞이했다.

"밤늦은 시간에 미안하구려. 피치 못할 일이 있어서 찾아왔는데 이렇게 맞아주니 고맙소이다."

촌부로 농사를 짓는 평소의 오스기와는 달리 그녀는 기품 있는 말로 격식을 갖춰서 한마디 하고 당당하게 신멘 가로 들어갔다.

3

오스기는 조왕신의 사자처럼 아무 말 없이 상좌에 앉아 의젓하게 오긴의 인사를 받고는 지체 없이 말했다.

"이 집의 악동이 돌아온 모양인데 이리 불러와주게."

아닌 밤중에 홍두깨라고 오긴은 영문을 몰라 되물었다.

"악동이라니 누구를 말씀하시는지요?"

"호호호. 말이 헛나왔구나. 마을 사람들이 그렇게 부르기에 나도 그새 물들어버렸구먼. 악동이란 다케조를 말하는 것이네. 전쟁터에서 돌아와 여기에 숨어 있는……."

"예……?"

피붙이인 동생에 대해 함부로 말하자 오긴은 창백해진 얼굴로 입술을 깨물었다. 오쓰는 미안해하며 오늘 낮 관불회에서 다케조를 보았다고 조심스럽게 말하고 두 사람 사이를 중재했다.

"이상하네요. 여기에도 오지 않았다고요?"

오긴은 괴로운 듯 대답했다.

"……오지 않았어요. 왔다면 그 댁에도 갔겠지요."

그러자 오스기는 손으로 방바닥을 탁탁 두들기며 시아버지같이 무서운 얼굴로 말했다.

"지금 그 말투는 뭔가? 그 댁에도 갔겠지요라니, 잘도 넘어가려고 하는군. 애초에 우리 집 아이를 전쟁터에 가자고 꾀어낸 것은 이 집 아들. 마타하치는 말이네, 혼이덴 가문에서는 대를 이을 둘도 없이 소중한 아들이네. 그런 아이를, 내 눈을 속여가며 꾀어냈을 뿐만 아니라 저 혼자서만 무사히 돌아오면 끝이란 말인가? ……그건 그렇다 치고, 어째서 인사도 한 번 오지 않은 겐가? 도대체가 이 신멘 가의 남매는 너무 무례하기 짝이 없어. 이 늙은이를 대체 어떻게 생각하고 있는지. 어쨌든 자네 집의 다케조가 돌아왔다면 마타하치도 돌아왔을 터. 그게 아니라면 다케조를 이리 데려다 마타하치의 안부와 왜 데리고 오지 못했는지를 이 늙은이가 납득할 수 있도록 설명해줘야 할 걸세."

"하지만 다케조가 오지 않았는데……."

"뻔뻔하군. 자네가 모를 리가 없어."

"정말 어찌 해야 될지……."

오긴은 울음을 터뜨리고 말았다. 아버지 무니사이가 살아 계셨으면 하는 생각이 갑자기 가슴속에서 솟구쳤던 것이다.

그때 마루 쪽 문이 덜컥 소리를 냈다. 바람은 아니다. 확실히 문 밖에서 사람의 발자국 소리 같은 기척이 있었다.

"응?"

오스기가 눈을 반짝이며 돌아보는데 오쓰는 이미 일어나 있었다. 그 순간 들려온 소리는 절규였다. 인간이 내는 소리 중에서 짐승에 가장 가까운 신음 소리였다. 그리고 이어서 누군가가 소리쳤다.

"앗, 잡아라!"

재빠르고 요란한 발소리가 집 밖으로 달려 나갔다. 나무가 부러지는 듯한 소리, 덤불이 흔들리며 우는 소리, 발소리는 한두 명이 아니었다.

"다케조로군."

오스기는 그렇게 말하며 벌떡 일어났다. 엎드려서 울고 있는 오긴의 목 언저리를 흘겨보고 마루 쪽 문을 열었다.

"역시 있었구나! 뻔한 사실을 이 계집이 늙은이한테 숨기려고 드는 데는 뭔가 이유가 있겠지. 내 반드시 기억해두마."

그리고 밖을 내다본 오스기의 얼굴은 흙빛으로 변했다. 정강이에 갑옷을 걸친 한 젊은이가 벌렁 나자빠져서 죽어 있었던 것이다. 입과 코에서 선혈을 낭자하게 흘리고 참혹하게 죽어 있는 모습을 보니 목검 같은 것으로 일격에 맞아 죽은 것 같았다.

4

"누…… 누가…… 누가 여기에 죽어 있구나."

"예?"

오스기의 심상치 않게 떨리는 목소리에 놀라 오쓰는 마루까지 등불을 들고 나갔다. 오긴도 두려움에 떨며 조심스럽게 마당을 내다보았다.

시체는 다케조도 마타하치도 아니었다. 이 근방에선 보기 힘든 무사였다. 공포에 떨면서도 마음을 놓은 듯 오스기가 중얼거렸다.

"누가 죽였을까?"

그러고 나서 갑자기 오쓰를 향해 괜히 휘말렸다간 재미없다며 돌아가자고 말했다. 오쓰는 이 노모가 아들을 너무 사랑한 나머지 이곳에 와서도 말을 심하게 했던 터라 오긴이 불쌍해서 견딜 수가 없었다. 뭔가 사정이 있는 것도 같고, 위로해주고 싶기도 해서 자기는 나중에 가겠다고 했다.

"그러냐? 마음대로 하려무나."

쌀쌀맞게 말하고 오스기는 혼자서 대문을 나섰다.

"등을 가지고 가세요."

오긴이 친절하게 말해도 퉁명스럽게 대꾸한다.

"등불 없이 못 걸을 정도로 내가 그렇게 늙진 않았네."

젊은이에게도 결코 지지 않을 성깔을 지닌 노파다. 밖으로 나오자 옷자락 끝을 접어 올리더니 밤이슬이 짙게 내려앉은 밤길을 휘적휘적 걸어가기 시작한다.

"할멈. 잠깐 봅시다."

오긴의 집에서 나오자마자 급하게 불러 세우는 자가 있었다. 그녀가 제일 염려하던 '휘말리는 경우'가 온 것이다. 그자는 칼을 옆에 차고 팔다리는 갑옷으로 무장하고 있었다. 이 마을에서는 볼 수 없는 당당한 차림새의 무사였다.

"할멈, 지금 신멘 가에서 나오는 길이오?"

"네, 그렇습니다만."

"신멘 가 사람인가?"

"당치도 않습니다요."

황급히 손을 내저었다.

"저는 강 건너에 있는 고시 집안 사람입니다."

"그럼, 신멘 다케조와 함께 세키가하라 전투에 참가한 혼이덴 마타하치의 어미인가?"

"그렇긴 하지만. ……그것도 아들 녀석이 좋아서 간 것이 아니라 그 불한당 같은 놈의 꾐에 빠진 겁니다."

"불한당이라니?"

"다케조 말입니다요."

"마을에서도 평판이 좋진 않은 모양이군."

"아무렴요, 나리. 손도 못 댈 만큼 난폭한 놈이었습니다요. 아들 녀석이 그런 인간과 어울려 다니는 바람에 저도 참 많은 눈물을 흘렸습지요."

"그대의 아들은 세키가하라에서 죽은 모양이오. 하지만 너무 원통해하지 마시오. 원수는 곧 갚아드리리다."

"나리는 누구십니까?"

"나는 전투가 끝난 후 히메지 성을 다스리러 온 도쿠가와 쪽 사람인데, 주군의 명을 받고 반슈 경계에 검문소를 세우고 오가는 사람들을 검문하던 차에 이 집의……."

그러면서 뒤쪽의 흙담을 가리켰다.

"다케조라는 놈이 검문소를 부수고 달아났소. 신멘 이가노카미를 따르며 우키타 쪽에 가담한 자라는 것을 알고 이 미야모토 마을까지 쫓아왔던 것인데……. 그놈이 무서우리만치 강해서 며칠을 쫓아다니며 지치기만을 기다리고 있건만 쉽게 잡히지를 않는단 말이오."

"아…… 그래서."

오스기는 고개를 끄덕였다. 다케조가 싯포 사에도 누나의 집에도 들르지 못하는 이유를 알 것 같았다. 동시에 아들인 마타하치는 돌아오지 못하고 다케조만 살아서 돌아온 것이 분하기만 했다.

"나리…… 다케조가 아무리 강해도 잡는 것은 식은 죽 먹기입니다."

"아무래도 사람 수가 적어서. 방금 전에도 그놈 때문에 한 명이 맞아 죽었으니……."

"저한테 좋은 생각이 있는데, 귀를 잠깐……."

5

어떤 계책을 내놓았을까?

"흠, 좋은 방법이군."

히메지 성에서 지방 경계선을 감시하러 왔다는 그 무사는 고개를 크게 끄덕였다.

"꼭 성공하실 겁니다."

오스기는 부추기듯이 말하고는 가 버렸다.

잠시 후 그 무사는 신멘 가의 뒤쪽으로 열네댓 명의 부하를 불러 모았다. 뭐라고 은밀하게 명하고 이윽고 담을 넘어 집 안으로 우르르 몰려 들어갔다.

오쓰와 오긴은 젊은 여자끼리 서로가 박복하다며 한탄이라도 하고 있었는지 등잔불 아래에서 눈물을 흘리고 있던 참이었다. 양쪽 미닫이문을 벌컥 열고 신발도 벗지 않은 사내들이 들어와 방 안에 가득 찼다.

"……어머나!"

오쓰는 파랗게 질려서 벌벌 떨고만 있었지만, 무니사이의 딸인 오긴은 오히려 엄한 눈으로 그들을 노려보았다.

"누가 다케조의 누이냐?"

그들 중 한 명이 물었다.

"접니다만."

오긴이 입을 열었다.

"허락도 없이 이게 무슨 짓입니까? 여자 혼자 산다고 무례한 짓을 하려고 한다면 용서하지 않겠습니다."

단정히 앉아서 꾸짖자 방금 전에 오스기와 이야기를 주고받았던 우두머리로 보이는 무사가 그녀의 얼굴을 가리키며 말했다.

"이쪽이 오긴이다."

그 말이 끝나기가 무섭게 쿵쿵거리는 소리와 함께 불이 꺼졌다. 오쓰는 비명을 지르며 마당으로 굴러 떨어졌다. 영문도 모른 채 갑작스럽게 당한 폭행이었다. 오긴 한 명을 향해 열 명 이상의 성인 남자가 달려들어 밧줄로 묶으려고 했다. 오긴은 여자라고 생각할 수 없을 정도로 격렬하게 저항했다. 그러나 그것도 잠깐이었다. 몸이 비틀려서 엎어진 오긴은 발길질을 당하고 있는 듯했다.

'큰일 났어!'

오쓰는 어디를 어떻게 달려왔는지도 모르고 오로지 싯포 사를 향해 캄캄한 밤길을 맨발로 정신없이 달리고 있었다. 무사태평한 세월에 익숙해져 있던 처녀의 가슴에는 세상이 발칵 뒤집히는 듯한 충격적인 사건이었다.

절이 있는 산기슭에 다다랐을 때 나무 아래 바위에 앉아 있던 그림자가 일어나며 말했다.

"오쓰 아니냐?"

슈호 다쿠안이었다.

"이렇게 늦은 시간까지 돌아오지 않을 리가 없는데, 어떻게 된 일인가 싶어 찾아다니던 참이었다. 그런데 맨발이 아니냐?"

그녀의 하얀 발로 시선을 옮기자 오쓰는 울면서 그의 가슴에 뛰어들며 소리쳤다.

"다쿠안 스님, 큰일 났어요. 아아, 어쩌면 좋아."

다쿠안은 여전히 태평하게 말했다.

"큰일? ……세상에 큰일 날 일이 뭐 그리 있겠느냐. 자자, 진정하고 무슨 일인지 말해보거라."

"신멘 가의 오긴 님이 붙잡혀갔어요. ……마타하치 님은 돌아오지도 않고, 그 맘씨 고운 오긴 님은 붙잡혀가고. ……저, 저는 앞으로…… 어, 어쩌면 좋죠?"

오쓰는 울면서 다쿠안의 품에 안겨 몸을 떨었다.

가시나무

1

흙도 풀도 대지도 젊은 여자처럼 뜨거운 숨을 내뿜고 있었다. 벌겋게 달아오른 얼굴에서는 땀이 뚝뚝 떨어지며 김마저 나는 것 같다. 고즈넉한 봄날의 오후.

다케조는 혼자 걷고 있었다. 상대할 것이 아무것도 없는 산속을 불안한 눈빛으로 걸으며 떡갈나무 목검을 지팡이 삼아 들고 있다. 몹시 지친 듯했지만, 새가 날아오르자 즉각 그의 날카로운 눈동자가 반응한다. 동물적인 관능과 맹수 같은 기세가 땀과 먼지로 얼룩진 그의 온몸에 가득 차 있었다.

"니미럴……."

누구에게랄 것 없이 욕을 하고 나더니 갈 곳 없는 분노를 폭발시키려는 듯 느닷없이 목검을 휘둘렀다.

"에잇!"

굵은 나무줄기가 단박에 쪼개졌다.

나무가 쪼개진 곳에서 하얀 수액樹液이 흘러나왔다. 다케조는 어머니의 젖이라도 떠올랐는지 그것에서 눈을 떼지 못하고 한참을 쳐다보고 있었다. 어머니가 없는 고향은 산천이 그저 쓸쓸하기만 했다.

'이 마을 사람들은 날 왜 이렇게 눈엣가시처럼 여길까? 날 보기만 하면 곧장 산 검문소에 신고하고, 내 그림자만 보고도 늑대를 만난 양 허겁지겁 도망쳐버리니…….'

그는 이 사누모 산讚甘山에 오늘로 벌써 나흘째 숨어 있었다. 낮 안개 저편으로는 조상 대대로 살아온, 그리고 지금은 누님이 홀로 살고 있는 집이 바라다 보였고, 이 산기슭의 숲속에는 고즈넉한 싯포 사의 지붕이 보였다.

하지만 그는 그 어디로도 갈 수 없었다. 관불회 날에 사람들 틈에 섞여 오쓰의 얼굴을 보러 갔지만, 오쓰가 군중 속에서 자신의 이름을 큰 소리로 부르는 바람에 자신이 발각되면 그녀에게도 화가 미칠 뿐만 아니라 자신도 잡혀서는 안 되겠다는 생각에 황급히 모습을 감추었다.

밤에는 몰래 누이가 있는 집으로도 찾아가 보았지만, 가는 날이 장날이라고 하필이면 마타하치의 어머니가 와 있었다. 마타하치에 대해 물으면 뭐라고 대답해야 할지, 자기만 돌아온 것을 노모에게 어떻게 사죄해야 할지 따위로 밖에서 망설이며 누이의 모습을 문틈으로 들여다보고 있을 때 잠복하고 있던 히메지 성의 무사들에게 발각되어 말도 한마디 나눠보지 못하고 누이의 집에서도 도망칠 수밖에 없었다.

그 뒤로 이곳 사누모 산에서 보고 있으려니 히메지의 무사들은 자기가 돌아다닐 만한 길을 혈안이 되어 찾아다니고 있었고, 마을 사람들도 하나가 되어 마치 사냥이라도 하듯 자기를 잡으려고 매일 이 산 저 산을 뒤지고 다니는 듯했다.

'……오쓰야말로 지금쯤 날 어떻게 생각하고 있을까?'

다케조는 그녀조차 의심하기 시작했다. 아니, 고향의 모든 인간들이 적이 되어 사방에서 자신을 가로막고 있는 것만 같았다.

'오쓰에게는 마타하치가 이러저러한 이유로 돌아오지 못하게 되었다고 사실대로 말할 순 없어. ……그래, 역시 마타하치의 어머니를 만나 말씀드리자. 그 말만 전하고 나면 이따위 동네에 누가 있을 것 같아?'

다케조는 결심을 하고 걸음을 내디뎠지만 밝은 대낮에는 마을로 갈 수가 없었다. 그는 돌멩이로 팔매질을 하여 작은 새를 맞춰 떨어뜨려서 얼른 털만 뽑아내고는 아직도 온기가 가시지 않은 살을 날로 뜯어먹으면서 걷고 있었다.

"앗……."

그때 누군가가 그의 모습을 보자마자 나무 사이로 황급히 달아났다. 다케조는 이유도 없이 자기를 피하는 인간에게 분노가

치밀어 올라서 표범처럼 쫓아갔다.

"거기 서!"

2

이 산을 자주 오르내리는 숯쟁이다. 다케조는 그의 얼굴을 알고 있었다. 멱살을 잡고 끌고 오면서 물었다.

"어이, 왜 도망가지? 나 몰라? 미야모토 마을의 신멘 다케조다. 잡아먹기라도 할까 봐? 사람을 보고도 인사는커녕 그렇게 도망쳐도 되는 거야?"

"예, 예."

"앉아!"

손을 놓자 또 도망치려고 해서 이번엔 옆구리를 걷어차고 목검으로 내려치려는 시늉을 했다. 그러자 그는 "악!" 하고 비명을 지르며 머리를 감싸고 엎드렸다.

"사, 살려줍쇼."

마을 사람들이 무엇 때문에 자신을 이렇게 두려워하는지 다케조는 이해할 수 없었다.

"내가 묻는 말에 똑바로 대답해, 알겠어?"

"뭐든지 말씀드릴 테니 목숨만 살려주십시오."

"누가 널 죽인대? 산기슭에도 토벌대가 있겠지?"

"예."

"싯포 사에도 잠복해 있나?"

"있습니다."

"마을 놈들은 오늘도 날 잡으려고 산을 뒤지고 있나?"

"……."

"너도 그중 한 명이군."

사내는 펄쩍 뛰면서 벙어리처럼 고개를 저었다.

"으, 으으……."

"잠깐만."

다케조는 그의 멱살을 다시 잡았다.

"누님은 어떻게 지내시지?"

"누구요?"

"내 누님 말이다. 신멘 가의 오긴 누님 말이야. 마을 놈들이랑 히메지의 관리들에게 내몰려 나를 뒤쫓는 것은 어쩔 수 없지만, 설마 내 누님까지 해코지한 건 아니겠지?"

"모릅니다, 전 아무것도 모릅니다."

"이 새끼가!"

다케조는 목검을 높이 쳐들었다.

"대충 얼버무리려는 것을 보니 무슨 일이 있었군. 바른 대로 말하지 않으면 대갈통을 부숴버리겠다."

"앗, 잠깐만요. 말할게요, 말하겠습니다."

숯쟁이는 손을 모으고 오긴이 잡혀갔다는 것과 마을에는 포고가 내려와 다케조에게 먹을 것을 준 자나 잠자리를 제공한 자는 모두 같은 죄로 처벌하고, 집집마다 한 명씩 격일로 젊은이가 징발되어 매일 히메지의 무사를 선두로 해서 산을 뒤지고 있다는 것 등을 고했다.

다케조는 분노로 소름이 돋았다.

"그게 정말이냐?"

다시 한 번 확인하고 나서 충혈된 눈을 글썽였다.

"누님이 무슨 죄가 있다고."

"저흰 아무것도 모릅니다. 저희는 그저 영주님이 무서워서."

"어디냐? 누님이 잡혀간 곳이. 어디에 가뒀어?"

"마을 사람들이 히나구라日名倉의 검문소라고 수군대는 소리를 들었습니다."

"히나구라……."

지방 경계선인 산 능선을 증오에 찬 눈으로 돌아보았다. 그 근방인 주고쿠中國 산맥의 등줄기가 벌써 잿빛 저녁 구름에 얼룩지며 어두워지고 있었다.

"좋아, 복수를 해주러 가겠다. 누님을…… 누님을……."

중얼거리면서 다케조는 목검을 지팡이 삼아 물소리가 나는 늪가 쪽으로 혼자서 터벅터벅 내려갔다.

3

근행勤行(시간을 정해놓고 부처 앞에서 독경하거나 예배하는 일)의 종소리가 방금 전에 멎었다. 수행 길에 나서느라 절을 비웠던 싯포 사의 주지도 어제오늘 사이에 돌아온 듯했다.

밖은 눈앞을 분간하지 못할 정도로 캄캄했지만 가람伽藍(스님들이 한데 모여서 수행 생활을 하는 장소) 안에는 홍등과 부엌의 화롯불, 방장方丈(화상和尙, 국사國師 등의 고승高僧이 거처하는 처소)의 호롱불이 흔들리며 희미하게나마 그 안에서 움직이는 사람들을 보여주었다.

'오쓰가 나와주면 좋으련만…….'

다케조는 본당과 방장의 통로인 다리형 복도 밑에 가만히 웅크리고 있었다. 저녁 공양에 올릴 음식을 하는 냄새가 풍겨오자 그는 김이 모락모락 나는 국과 밥 생각이 간절했다. 지난 며칠간 날고기랑 새싹 외에는 아무것도 들어가지 않은 위주머니는 가슴 끝에서 요동을 치며 아프기 시작했다.

"우웩……."

다케조는 위액을 토해내며 괴로워했다.

그 소리가 들렸는지 방장에서 누군가가 말했다.

"누구냐?"

"고양이인 것 같습니다."

오쓰가 대답했다. 그리고 저녁 공양에 올릴 음식을 들고 다케조가 엎드려 있는 다리형 복도를 건너갔다.

'아, 오쓰다.'

다케조는 큰 소리로 부르려고 했지만 고통스러워서 목소리가 나오지 않았다. 하지만 그것이 오히려 다행이기도 했다.

그녀를 바로 뒤따라오는 자가 있었던 것이다.

"목욕탕은 어디냐?"

절에서 빌려 입은 옷에 가는 허리띠를 매고 수건을 들고 있다. 힐끗 올려다보니 언젠가 본 기억이 있는 히메지 성의 무사였다. 부하와 마을 사람들에게 산을 뒤지라고 하거나, 밤낮을 가리지 않고 수색하라고 명령을 내려놓고 본인은 해가 지면 이 절을 숙소로 삼아 음식과 술을 대접받고 있는 모양이다.

"목욕하시게요?"

오쓰는 들고 있던 것을 내려놓고 말을 이었다.

"안내해드릴게요."

마루를 따라 안으로 안내하며 가는데 코 밑에 수염이 난 그 무사가 오쓰의 등 뒤에서 갑자기 그녀를 끌어안았다.

"어때, 같이 목욕하지 않겠나?"

"어머……."

그는 오쓰의 얼굴을 양손으로 꽉 부여잡고는 볼에 입술을 비벼댔다.

"너도 좋잖아?"

"……안 돼요! 이러지 마세요!"

오쓰는 나약했다. 입을 틀어막았는지 비명 소리조차 들리지 않았다.

다케조는 자신의 처지를 잊은 채 마루로 뛰어 올라갔다.

"무슨 짓이냐!"

뒤에서 날아온 주먹이 무사의 뒤통수를 후려갈기자 그는 맥도 못 추고 오쓰를 안은 채 나동그라졌다.

오쓰가 큰 소리로 비명을 지른 것도 그 순간이었다.

"앗, 네놈은 다케조? 다케조다! 다케조가 나타났다. 모두 나와라!"

화들짝 놀란 무사가 소리치자 절 안은 삽시간에 발소리와 서로 불러대는 소리로 아수라장이 되었다. 다케조가 나타나면 종을 쳐서 신호를 보내기로 했는지 종루에서는 뎅뎅 종이 울렸다.

"모여라!"

산을 뒤지던 자들은 싯포 사를 중심으로 몰려들었다. 그리고 얼마 안 되어 뒷산과 이어져 있는 사누모 산 일대를 뒤지기 시작했지만, 그 무렵 다케조는 어디를 어떻게 달려왔는지 혼이덴 가의 널찍한 토방 입구에 서서 안채의 불빛을 보고 있었다.

"아주머니, 아주머니."

4

"뉘시오?"

오스기는 등잔불을 들고 무심히 나왔다.

아래턱에서부터 얼굴 위로, 흔들리는 불빛을 받은 노파의 곰보자국이 많은 얼굴은 순식간에 흙빛이 되었다.

"앗, 너는!"

"아주머니, 한 가지 알려드리려고 왔습니다. ……마타하치는 전쟁터에서 죽은 게 아니라 살아 있습니다. 어떤 여자와 다른 고장에서 살고 있어요. ……그뿐입니다. 오쓰에게도 아주머니께서 전해주세요."

말을 마친 다케조는 목검을 지팡이 삼아 캄캄한 문 밖으로 나왔다.

"아아, 이제야 속이 시원하구나."

"다케조!"

오스기가 그를 불러 세웠다.

"너는 어디로 갈 생각이냐?"

"저 말인가요?"

다케조는 침통하게 대답했다.

"저는 이제부터 히나구라의 검문소를 부수고 누님을 구할 겁니다. 그리고 그대로 다른 고장으로 갈 테니까 아주머니와도 더는 만날 일이 없겠지요. ……그저 이 집 아들을 전쟁터에서 죽게 하고 저 혼자 돌아온 것이 아니라는 것을 이 집 사람들과 오쓰에게 알리고 싶었을 뿐입니다. 이제 더 이상 이 마을에는 미련이 없습니다."

"그랬구나……."

등불을 바꿔 쥐고 오스기가 손짓했다.

"배고프지 않니?"

"밥 같은 건 며칠째 먹은 적이 없습니다."

"딱하기도 하지……. 마침 저녁을 하던 참이구나. 뭐라도 작별 선물을 주고 싶은데, 아줌마가 준비하고 있는 동안 목욕이라도 하겠니?"

"……."

"다케조야. 너희 집과 우리 집은 아카마쓰 이래로 똑같이 유서 깊은 집안인데 내 어찌 너를 매정하게 보낼 수 있겠느냐. 내 말대로 하려무나."

"……."

다케조는 소매로 눈물을 훔쳤다. 의심과 경계심으로만 팽팽하게 긴장되어 있던 그의 마음이 오스기의 온정에 인간의 따뜻한 정을 느꼈던 것이다.

"자…… 어서 뒤곁으로 돌아오너라. 누가 오기라도 하면 큰일 나. ……목욕하고 있는 동안 수건은 가져다 놓으마. 그렇지 참,

마타하치의 속옷과 옷도 있으니 그것을 내주마. 밥상도 차려야 하니까 따뜻한 물에 몸을 담그고 느긋하게 좀 쉬려무나."

등불을 건네고 오스기는 안으로 들어갔다. 그러자 바로 분가한 딸이 마당에서 어딘가로 급히 달려가는 기척이 있었다.

문이 닫힌 목욕탕 안에서는 물소리가 들리고 불빛에 비친 그림자가 흔들리고 있었다. 오스기가 안채에서 소리쳤다.

"물은 따뜻하니?"

다케조의 목소리가 목욕탕에서 들려왔다.

"따뜻해요. ……아아, 이제 좀 살 것 같아요."

"밥이 다 되려면 아직 시간이 좀 있어야 되니까 느긋하게 쉬고 있거라."

"감사합니다. 이럴 줄 알았으면 진작 올 걸 그랬어요. 저는 또 아주머니가 저를 원망하고 있는 줄 알고……."

그 후로도 기쁨에 찬 목소리가 물소리에 섞여 몇 마디 더 이어졌지만, 오스기의 대답은 없었다.

이윽고 분가한 딸이 숨소리를 죽여가며 문밖에 돌아왔다. 그 뒤로 스무 명 남짓한 무사들과 수색을 나갔던 자들이 따라왔다.

밖에 나와 있던 오스기는 나지막한 목소리로 그 사람들에게 속삭였다.

"뭐라고? 목욕탕에 있다고? 그거 잘했군. ……좋아, 오늘 밤엔 꼭 잡고 말 테다."

무사들은 사람들을 두 패로 나누어 두꺼비 떼같이 기어갔다.

목욕탕 아궁이의 불이 어둠 속에서 빨갛게 보였다.

5

다케조의 육감이 뭔가 심상치 않은 일이 벌어지고 있다는 것을 감지했다.

무심코 문틈으로 밖을 내다본 순간 그는 온몸의 털이 곤두섰다.

'앗, 속았구나!'

알몸이다. 더구나 좁은 목욕탕 안이다. 어떻게 할지 분별할 수도 없었고 그럴 틈도 없었다.

깨달은 순간 이미 늦어버렸다. 몽둥이, 창, 짓테 따위의 무기를 든 자들이 판자문 밖에 벌떼처럼 몰려 있는 것 같았다. 실제로는 열네댓 명에 불과했지만, 그의 눈에는 몇 배나 더 많은 것으로 보였다.

도망갈 방법이 없다. 몸에 걸칠 옷조차 단 한 벌도 없다. 하지만 다케조는 무섭지 않았다. 오스기에 대한 분노가 오히려 그의 야성을 끓어오르게 했다.

'좋아. 내가 어떻게 하는지 두고 봐라.'

그는 이런 경우에도 방어는 생각하지 않는다. 적으로 간주한 자에게는 먼저 공격한다는 생각밖에 없다.

밖에 있는 자들이 누가 먼저 들어갈지 눈치를 보고 있는 동안 다케조가 안에서 문을 박차고 소리를 지르며 뛰어나갔다.

"웬 놈들이냐!"

알몸에다 물에 젖은 머리카락은 풀어져서 산발이 되어 있었다.

다케조는 이를 부드득 갈면서 가슴팍으로 달려드는 적의 창대를 움켜잡고 상대를 떨쳐버린 뒤 빼앗은 창을 고쳐 쥐고 종횡으로 무자비하게 휘두르며 닥치는 대로 두들겨 팼다.

"이놈들!"

이렇게 창끝을 쓰지 않고 창대를 쓰는 창술은 세키가하라의 실전에서 배운 것이었다. 무리지어 달려드는 적들을 상대하는 데는 효과적이다.

'방심했어!'

무사들은 왜 이쪽에서 먼저 죽기 살기로 목욕탕 안으로 뛰어들지 않았는지 선수를 빼앗긴 것을 후회하듯이 서로를 탓하기에 급급했다.

10여 회 정도 땅에 부딪친 다케조의 창이 부러지고 말았다. 그러자 그는 헛간 처마 아래에 있는 채소 절임통의 누름돌을 들어올려 자신을 에워싸고 있는 무리를 향해 냅다 던졌다.

"앗, 안채로 뛰어들었다."

밖에서 사람들이 이렇게 소리쳤을 때 방에 있던 오스기와 분가한 딸은 맨발로 뒷마당을 향해 뛰어내렸다.

다케조는 천둥같이 무시무시한 소리를 지르면서 집 안을 휘젓고 다녔다.

"내 옷 어디 있어? 내 옷 내놔."

주변에는 일할 때 입는 옷가지가 널려 있었고 손만 뻗으면 닿는 옷장도 있었지만, 다케조는 그것들을 거들떠보지도 않았다.

핏발선 눈으로 자기가 벗어놓은 옷을 부엌 한구석에서 겨우 찾아낸 다케조는 그것을 집어 들고 흙으로 바른 부뚜막을 밟고 천창天窓을 통해 지붕으로 빠져나갔다.

닭 쫓던 개 지붕 쳐다보듯 밑에서는 망연자실한 목소리가 아우성치고 있었다. 다케조는 지붕 한가운데로 나와 유유히 옷을 입었다. 그리고 이로 허리띠 끝을 찢어서 젖은 머리카락을 뒤로 모아 눈썹이며 눈꼬리가 팽팽하게 당겨지도록 단단히 묶었다.

밤하늘에는 별이 금방이라도 쏟아질 듯 반짝이고 있었다.

귀향

1

"어~이!"

이쪽 산에서 부르면 맞은편 산에서도 대답한다.

"어어이!"

매일 산을 뒤지고 다닌다.

누에치기도 농사일도 돌볼 겨를이 없다.

포고문

본 마을, 신멘 무니사이의 유자遺子 다케조는 추포령이 떨어진 와중에도 곳곳의 산길에 출몰하여 살육 악업을 일삼고 있는 바 누구든지 다케조를 잡아오는 데 공을 세우는 자에게는 다음과 같이 포상한다.

一. 포박한 자 —— 은열 관

一. 목을 벤 자 —— 논 열 마지기

一. 은신처를 발고한 자 —— 논 두 마지기

이상

게이초 육 년

가추家中(영주가 거느리는 가신의 총칭)

이케다 쇼뉴사이 데루마사池田勝入斎輝政

이런 삼엄한 방이 촌장 집의 대문 앞이며 마을의 길거리 곳곳에 나붙었다. 혼이덴 가 주변에는 다케조가 복수하러 올 것이라는 소문이 돌아 오스기는 물론 가족들 모두 전전긍긍하며 대문을 걸어 잠그고 출입문에 울타리까지 만들었다.

히메지의 이케다 가에서 지원 나온 사람들은 오스기의 집 주변에도 여러 명이 와 있었고, 만일 다케조가 나타났을 경우에는 소라고둥이나 절의 종 등 모든 소리로 서로에게 연락하여 다케조가 빠져나가지 못하도록 단단히 포위망을 구축하자는 작전까지 세워놓고 있었다.

하지만 아무런 효과도 없었다.

오늘 아침도 마찬가지였다.

"허어 참, 또 맞아 죽었군."

"이번엔 누구야?"

"무사 같은데?"

마을 외곽의 길가 풀숲에 머리를 처박고 두 다리를 이상한 모양으로 쳐든 채 죽어 있는 시체를 발견하고 공포와 호기심이 어린 얼굴들이 둘러서서 웅성거렸다.

시체는 두개골이 박살나 있었다. 그것도 근처에 세워놓았던 방을 붙인 판자로 때렸는지, 피로 뻘겋게 물든 판자가 시체의 등짝에 버려져 있었다.

포상 내용이 적힌 앞면이 위를 향하고 있었기 때문에 그것을 무심코 읽은 사람들은 잔혹하다는 생각 대신 왠지 모르게 우스꽝스럽게 느끼는 듯했다.

"웃는 놈이 누구야?"

누군가가 말했다.

싯포 사의 오쓰는 마을 사람들 사이에서 하얗게 질린 얼굴로 뒷걸음질 쳤다. 입술까지 하얗게 질려 있었다.

'보지 않는 편이 나았을걸.'

후회하면서 아직도 눈에 어른거리는 죽은 사람의 얼굴을 잊어버리려고 잔달음질로 절 아래까지 뛰어왔다.

그때 며칠 전부터 절에 진을 치고 있던 수색대 대장이 보고를 받았는지 대여섯 명의 부하들과 함께 황급히 뛰어 내려오다가 오쓰를 보자 태연하게 물었다.

"오쓰구나, 어딜 갔다 오는 게냐?"

오쓰는 며칠 전에 불미스러운 일이 있고 난 뒤로는 이자의 메기수염을 보는 것조차 역겹고 불쾌하기 짝이 없었다.

"뭐 좀 사러……."

오쓰는 내뱉듯이 한마디 던지고는 눈길도 주지 않고 본당 앞의 높은 돌계단을 뛰어 올라갔다.

2

다쿠안은 본당 앞에서 개와 놀고 있었다. 오쓰가 개를 피해 달려가는 것을 보고 다쿠안이 그녀를 불러 세우더니 말했다.

"오쓰야, 편지가 왔구나."

"예…… 저한테요?"

"네가 없어서 내가 맡아두었다."

소매에서 편지를 꺼내 그녀에게 건네며 묻는다.

"안색이 좋지 않은데, 무슨 일이 있었느냐?"

"길가에서 죽어 있는 사람을 봤더니 갑자기 끔찍한 기분이 들어서요."

"그런 건 보지 않는 게 좋은데. ……하기야 눈을 가리고 길을 돌아가도 요즘 세상에는 도처에 시체가 널려 있으니 큰일이구나. 이 마을만은 극락정토라고 생각했건만."

"다케조 님은 왜 그렇게 사람들을 죽이는 거죠?"

"상대를 죽이지 않으면 자신이 죽게 되니까. 죽을 이유도 없는데 헛되이 죽는 것도 안 될 일이지."

"무서워요……."

오쓰는 몸을 떨면서 어깨를 움츠렸다.

"이리로 오면 어쩌죠?"

산에는 또다시 어둑어둑한 먹구름이 낮게 깔리기 시작했다. 오쓰는 편지를 들고 부엌 옆에 있는 베 짜는 방으로 들어갔다.

베틀에는 짜다 만 남자의 옷감이 걸려 있었다.

아침저녁으로 사모思慕의 실을 뽑았다. 약혼자인 마타하치가 돌아오면 그에게 입혀주겠다며 설레는 마음으로 작년부터 조금씩 짜던 옷이었다.

바디(베틀, 가마니틀, 방직기 따위에 딸린 기구의 하나) 앞에 앉아 편지 겉봉에 쓰여 있는 글을 보고 또 보았다.

"……누가 보낸 거지?"

고아인 자신에겐 편지를 보내줄 사람도 없고, 보낼 사람도 없다. 왠지 잘못 온 것 같은 생각도 들어서 그녀는 몇 번이고 받는 사람의 이름을 확인해보았다.

멀리서 역마를 통해 보낸 듯 편지는 손때가 묻고 비에 젖어 너덜너덜했다. 봉투를 뜯자 두 장의 편지가 안에서 나왔다. 우선 그 중 한 통을 먼저 펼쳐 보았다.

편지는 전혀 본 기억이 없는 여자의 글씨로 어느 정도 나이가

든 사람의 필체 같았다.

오쓰 님

다른 편지를 보면 긴 말이 필요 없을 것이라고 생각하지만 좀 더 분명히 해두기 위해 저도 몇 자 적습니다.

마타하치 님은 이번에 결혼하여 저희 집 양자로 맞아들이게 되었습니다. 그런데 당신을 심히 걱정하는 듯하기에 이는 장차 서로에게 아무런 도움이 되지 않을 것 같아서 그 사유를 밝히는 바입니다. 그러니 부디 마타하치 님을 잊어주시길 바라며 이만 줄이겠습니다.

오코

다른 한 통의 편지는 분명히 혼이덴 마타하치의 필체였다. 그 편지에는 돌아올 수 없는 사정이 장황하게 쓰여 있었다.

요컨대 자기를 단념하고 다른 곳으로 시집가라는 내용이었다. 자기 어머니한테는 자기도 차마 편지를 쓸 수 없으니 그저 다른 마을에서 잘 살고 있다는 사실만 대신 전해달라는 말도 쓰여 있었다.

"……."

오쓰는 머릿속이 얼음장같이 차갑게 얼어붙는 것 같았다. 눈물도 나오지 않았다. 부들부들 떨면서 편지지의 한쪽 끝을 잡고 있는 손톱이 방금 전에 길에서 본 죽은 사람의 손톱과 같은 색깔로 보였다.

3

부하들은 모두 들에서 쉬고 산에서 자며 밤낮으로 명령에 따르느라 지쳐 있었지만, 정작 메기수염의 대장이란 자는 본진인 절을 오히려 자신의 쉼터로 삼아서 유유자적하고 있었다. 절에서는 저녁만 되면 목욕물을 데우고 물고기를 삶고 민가에 내려가 맛있는 술을 찾아와서 밤마다 대접하느라 여간 성가시지 않았다.

그렇게 바쁜 저녁때가 되어도 오쓰가 부엌에 나타나지 않는 바람에 오늘은 방장의 손님에게 저녁상을 내가는 것이 늦어지고 있었다.

다쿠안은 잃어버린 아이를 찾듯이 오쓰의 이름을 부르면서 경내를 돌아다녔다. 베 짜는 방에서는 베틀 소리도 나지 않고 문도 닫혀 있었기 때문에 몇 번이나 그 앞을 지나갔지만 열어볼 생각을 하지 않았다.

주지는 이따금 다리형 복도로 나와 성화를 부렸다.

"오쓰는 어찌 되었느냐? 없을 리가 없잖느냐. 술 따르는 사람이 없으면 술 맛이 안 난다고 손님께서 거듭 말씀하셨다. 어서 찾아서 데리고 오너라."

절에 있는 사내들은 등불을 들고 오쓰를 찾아 산기슭까지 우르르 내려갔다.

다쿠안은 혹시나 하는 마음에 베 짜는 방의 문을 열어보았다.

오쓰는 거기에 있었다. 캄캄한 어둠 속에서 홀로 적막을 끌어안고 베틀 위에 엎드려 있었다.

"……?"

다쿠안은 못 볼 것을 본 것처럼 잠시 말없이 서 있었다. 그녀의 발 옆에는 무서운 힘으로 구겨버린 듯한 두 통의 편지가 저주의 인형처럼 짓밟혀 있었다.

다쿠안은 그것을 슬그머니 주워 들고 말했다.

"오쓰야, 이건 낮에 온 편지가 아니냐? 잘 보관하고 있어야지."

"……."

오쓰는 편지를 받으려고도 하지 않고, 고개만 힘없이 저을 뿐이었다.

"다들 찾고 있다. 자…… 내키지 않겠지만 방장에 술을 내가렴. 주지 스님이 난처해하는 것 같더구나."

"……머리가 아파요. ……다쿠안 스님, 오늘 밤만이라도 안 가면 안 되나요?"

"나야 언제나 네가 술을 따르러 가는 것엔 반대한다. 그러나

이 절의 주지 스님은 속물이야. 식견을 가지고 영주에게 맞서서 절의 존엄을 지켜갈 힘 따위는 없는 위인이니까 대접도 깍듯이 해줘야 할 것이고, 메기수염의 비위도 맞춰줘야 하겠지."

그러고는 오쓰의 등을 쓰다듬었다.

"여기 주지 스님은 너를 어렸을 때부터 키워준 사람이잖니. 이럴 때는 주시의 힘이 되어주렴. ……알겠니? 잠깐 얼굴만 내밀면 돼."

"예……."

"자, 가자."

그가 부축해서 일으키자 눈물의 눅눅한 냄새 속에서 오쓰는 겨우 고개를 들고 말했다.

"다쿠안 스님…… 그럼 갈 테니까, 죄송하지만 스님도 방장까지 같이 가 주실 수 없나요?"

"그야 상관없지만 그 메기수염 무사가 나를 싫어하는 것 같더구나. 나도 그 수염을 보면 왠지 놀려주고 싶어지고 말이야. 어른스럽지 못하지만, 그런 인간이 간혹 있거든."

"그래도 저 혼자서는."

"주지 스님이 있으니까 괜찮을 게다."

"주지 스님은 제가 가면 항상 자리를 피하시는걸요."

"그건 좀 불안하군. ……좋다, 그럼 같이 가 주마. 걱정 말고 얼른 화장부터 하렴."

4

방장의 손님은 오쓰가 나타나자 그제야 부루퉁해 있던 기분을 풀고 은근히 기뻐하면서 연신 술잔을 기울였다. 벌겋게 달아오른 얼굴의 메기수염과는 반대 방향으로 눈초리는 천천히 처졌다.

그러나 아직 진짜 기분을 내기에는 걸리는 것이 있었다. 그것은 촛대 건너편에 없어야 될 인간이 장님처럼 잔뜩 웅크리고 앉아서 무릎을 책상 삼아 책을 읽고 있었기 때문이다.

다쿠안이다. 메기수염 대장은 이 절에서 잡일을 하는 중쯤으로 생각한 듯 마침내 턱짓을 하며 말했다.

"어이, 이봐."

그러나 다쿠안이 고개조차 들 생각을 하지 않자 오쓰가 슬쩍 주의를 주었다.

"응, 나?"

주위를 두리번거리는 다쿠안에게 메기수염이 거만하게 말했다.

"어이, 잡역승. 자네에겐 볼일이 없으니까 이만 나가 봐."

"아니, 괜찮습니다."

"술자리에서 책이나 읽고 있으면 술맛이 떨어지니까 나가란 말이야!"

"책은 이미 덮었습니다."

"눈에 거슬린다고!"

"그럼, 오쓰야, 책을 밖으로 내가거라."

"책이 아니라 자네가 술자리에 어울리지 않는단 말이야."

"난감하군요. 오공 존자처럼 연기가 되거나 벌레가 되어 술상 가장자리에 붙어 있을 수도 없는 노릇이고……."

"물러가지 못할까! 참으로 무례한 놈이구나."

이옥고 그가 화를 내자 다쿠안은 "예." 하고 공손히 대답하고 오쓰의 손을 잡았다.

"손님께서 혼자 계시는 게 좋다고 말씀하시는구나. 군자는 고독을 사랑하는 법. ……자, 방해해서는 안 되니 이만 물러가자."

"이, 이놈이!"

"왜 그러십니까?"

"누가 오쓰까지 데리고 나가라고 했느냐? 본디 너란 놈은 평소부터 교만하고 건방졌어."

"중과 무사 중에 사랑스러운 놈이라는 게 드물기 마련이죠. 예를 들면 당신의 수염처럼 말이죠."

"뭐야? 바로!"

메기수염은 옆에 세워놓았던 칼에 손을 뻗었다. 그가 벌떡 일어나자 다쿠안은 물끄러미 그를 쳐다보았다.

"바로라는 게 어떤 자세입니까?"

"이, 이 무엄한 놈. 아주 극락으로 보내주마."

"그럼 소승의 목을 내밀라는 말입니까? ……하하하, 관두시오. 재미없소이다."

"뭐라고?"

"중의 목을 치는 것처럼 멋대가리 없는 게 없다는 말이오. 몸통에서 떨어져나간 머리가 당신을 보고 빙그레 웃고 있기라도 하면 베지 않은 것만 못하지요."

"좋다, 어디 몸통에서 떨어져나간 대가리로도 그렇게 지껄일 수 있는지 보자."

"그러나……."

다쿠안의 요설은 그의 화만 돋울 뿐이었다. 칼자루를 잡은 손이 분노로 부들부들 떨리고 있었다. 오쓰는 몸으로 다쿠안을 감싸면서 다쿠안의 요설을 울먹이며 말렸다.

"무슨 말씀을 하시는 거예요, 다쿠안 스님? 무사님께 그런 말을 하는 사람이 어디 있어요? 용서를 구하세요. 제발 부탁이니까 용서를 구하세요. 정말로 목이 잘리면 어쩌려고 그러세요?"

하지만 다쿠안은 말을 멈추지 않았다.

"너야말로 물러나 있거라. 난 괜찮다. 그렇게 많은 사람들을 동원하고도 스무 날이나 지나도록 아직도 다케조 한 사람조차 잡지 못한 형편없는 자인데 어떻게 내 목을 베겠느냐? 잘리는 게 이상하지. 암, 이상하고말고."

5

"이놈! 거기서 꼼짝 마라!"

메기수염은 얼굴이 벌게져서 칼을 뽑았다.

"오쓰, 저리 비키거라. 주둥이만 살아서 나불대는 이 중놈을 두 동강 내버리겠다."

오쓰는 다쿠안을 뒤로 감싸면서 그의 발밑에 엎드렸다.

"화가 나시겠지만, 부디 참아주십시오. 이분은 아무한테나 이렇게 말씀하시는 분이세요. 대장님한테만 이런 농지거리를 하는 게 결코 아닙니다."

그러자 다쿠안이 정색을 하고 말했다.

"얘, 오쓰야, 무슨 말을 하는 거니? 난 농지거리를 한 게 아니다. 진실을 말하고 있는 게야. 무능하니까 무능한 무사라고 했을 뿐이다. 그게 잘못이냐?"

"어디 더 지껄여봐라."

"얼마든지 지껄여드리지. 다케조를 잡는다고 산을 뒤지고 다닌 게 벌써 며칠째요? 무사들이야 며칠이 걸리든 상관없겠지만 농부들은 여간 큰일이 아니외다. 농사일을 버리고 매일같이 품삯도 없는 그따위 일에 끌려 다니다간 소작인들은 목구멍에 거미줄을 친단 말이오."

"야, 이 잡역승 놈아, 중놈 주제에 감히 영주님이 하시는 일을 비방해?"

"영주를 비방하는 것이 아니라 영주와 백성들 사이에서 녹봉을 훔쳐 먹는 것이나 다름없는 벼슬아치들의 태도, 그 근성을 말하는 것이외다. 예를 들어서 당신은 오늘 밤 무슨 팔자가 좋아서 이 방장에서 편안한 옷으로 갈아입고, 뜨신 물에 목욕을 하고, 또 잠들기 전에는 여자에게 술시중까지 들게 한단 말이오? 어디에서 누구한테 그런 특권을 받았단 말이오?"

"……."

"영주에게는 충성을 다하고, 백성들은 인의로 대해야 하는 것이 관리의 본분일 터. 그럼에도 불구하고 농사일에 방해가 되는 것을 무시하고, 부하들이 고생하는 것도 아랑곳없이 공무로 나온 자가 망중유한을 즐기며 주지육림에 빠져서는 영주의 권위를 등에 업고 백성의 고혈을 짜내는 것이 악덕 관리의 전형이 아니고 무엇이란 말이오!"

"……."

"어디, 내 목을 베서 당신의 주인인 히메지의 성주 이케다 데루마사 님께 가지고 가 보시오. 데루마사 대인께선 '아니, 다쿠안, 오늘은 어째서 목만 왔는가?' 하고 놀랄 것이외다. 데루마사 님과 난 묘신 사의 다회 때는 물론이거니와 오사카大阪의 관가에서도, 다이토쿠 사에서도 가끔씩 만나며 친구로 지내는 사이올시다."

메기수염은 다쿠안의 말에 아연해진 듯했다. 취기도 조금은 깬 것 같았지만, 다쿠안의 말이 과연 사실인지 거짓인지에 대해서는 올바른 판단을 내리지 못하는 모습이었다.

"우선 자리에 앉으시오."

다쿠안은 일단 그를 진정시키고 다시 말을 이었다.

"거짓말 같으면 여기 메밀가루를 선물로 들고 히메지 성의 데루마사 님을 불쑥 찾아가 뵐 수도 있소이다. 하지만 나는 이런 일로 다이묘大名(10세기 말에 등장하여 19세기 후반 폐지되기 전까지 일본의 각 지역을 다스렸던 지방 유력자. 특히 에도 시대에는 봉록이 1만 석 이상인 무가武家를 가리킴) 댁의 문을 두드리는 것이 무엇보다도 싫소. ……게다가 차를 마시면서 괜히 미야모토 마을의 아무개 대장이 이러저러 했다고 당신 이야기라도 하게 되면, 그 즉시 할복해야 할 자가 나오지 않겠소? 그러니까 애초에 그런 짓은 하지 말라는 게요. 무사란 자고로 선후를 생각할 줄 알아야 하오. 무사의 단점이 바로 거기에 있긴 하지만."

"……."

"칼을 내려놓으시오. 그리고 한마디 더 하겠소이다. 《손자孫子》를 읽은 적이 있소? 병법에 관한 책이외다. 무사란 자가 손자와 오자吳子를 모를 리는 없겠지. 미야모토 마을의 다케조를 어떻게 하면 병사의 손실 없이 사로잡을 수 있느냐, 이제부터 그 강의를 하려고 하오. 이것이야말로 귀공의 천직에 관련된 일이니 진지하게 들어야 하오. ……자, 앉으시오. 오쓰야, 술을 한 잔 더 따라드리렴."

6

나이로 보면 30대인 다쿠안과 마흔을 넘긴 메기수염은 열 살 정도 차이가 날 것이다. 그러나 인간의 차이는 나이와 무관하다. 그것은 질質이자 그 질을 갈고닦는 데 달려 있다. 평소부터 수양과 단련을 어떻게 하느냐에 따라 왕과 거지로 나뉜다 해도 이 차이는 어쩔 도리가 없다.

"아니, 술은 그만……."

처음의 그 기세는 어디로 다 가 버렸는지 메기수염은 고양이처럼 태도를 바꾸고 우스꽝스러울 정도로 공손했다.

"그렇습니까, 저희 주군과 절친한 분이신 줄 몰라 뵙고 실례를 범한 점 골백번 고개를 숙여 사죄드립니다."

그러나 다쿠안은 결코 고압적인 자세를 취하려고 하지 않았다.

"그런 거야 뭐 아무려면 어떻소. 요는 다케조를 어떻게 잡을 것이냐…… 결국 귀공의 사명도, 무사의 체면도 그것에 달려 있지 않겠소?"

"그렇죠……."

"당신이야 다케조를 잡는 것이 늦어지면 늦어질수록 절에서 편안하게 쉬면서 극진히 대접받고, 오쓰에게 집적거릴 수 있을 테니 상관없겠지만……."

"아니요, 그런 일은 이제…… 절대로 없을 테니 데루마사 주군께도……."

"비밀로 해달라는 말 같은데, 알았소이다. 하지만 지금처럼 산을 뒤지고 다니며 소리를 지르는 것으로는 시간만 늘어질 테고, 농가의 곤궁이 고착화되어 민심이 흉흉해질 뿐만 아니라 백성들은 안심하고 생업에 힘을 쏟을 수가 없을 것이오."

"그러니까 말입니다. 저도 속으로는 밤낮 없이 초조해하고 있지만……."

"계책이 없다…… 결국 풋내기가 병법을 모른다는 거군."

"면목 없습니다."

"정말 면목 없는 일이오. 그러니 내가 무능하고 밥이나 축내는 쓸모없는 관리라고 욕을 해도 할 말이 없지 않소? ……그렇다고 그렇게 움츠리고만 있어서야 되겠소? 내 보기에도 안쓰러워서 하는 말인데 다케조는 내가 사흘 안에 잡아주겠소."

"네?"

"거짓말 같소?"

"하지만……."

"하지만 뭐요?"

"히메지에서 수십 명의 지원까지 받고, 농부와 아시가루를 합치면 총 200명이 넘는 인원이 매일 저렇게 산을 뒤지고 있는데도 못 잡는데……."

"고생들이지……."

"또 마침 지금은 봄이라 산에는 먹을 것이 얼마든지 있기 때문에 다케조 놈에게는 유리하고 우리에겐 불리한 시기입니다."

"그럼, 눈이 내릴 때까지 기다리는 건 어떻소?"

"그럴 수는 없습니다."

"그럴 수야 없겠지. 그래서 내가 잡아주겠다는 게요. 다른 사람은 필요 없소. 나 혼자서도 되지만, 그래, 오쓰의 도움을 좀 받아야겠군. 둘이면 충분하고말고."

"또 농담을……."

"바보 같은 소리. 이 슈호 다쿠안이 시도 때도 없이 농담만 하며 세월을 보내는 것 같소?"

"아니, 그게 아니라……."

"풋내기가 병법을 모른다고 한 말은 바로 이런 걸 두고 한 말이오. 나는 중이라도 손자와 오자의 비법이 뭔지 정도는 꿰고 있소. 단, 내가 다케조를 잡아오는 데는 조건이 있소. 그걸 받아들이지 않으면 난 눈이 내릴 때까지 구경이나 하고 있을 생각이오."

"조건이라면?"

"다케조를 잡아오면 그 처분은 내게 맡겨주시오."

"글쎄, 그건……."

메기수염은 수염을 만지작거리면서 생각에 잠겼다.

'이 정체를 알 수 없는 애송이 중이 호언장담만으로 나를 속이려는 속셈인지도 몰라. 필시 내가 강하게 나가면 당황해서 꽁무니를 뺄 거야.'

그렇게 생각한 그는 단호하게 대답했다.

"좋소이다. 스님이 다케조를 잡아오면 그 처분은 스님께 일임하도록 하죠. 그 대신 만약 사흘 안에 잡아오지 못할 때는 어떻게 하겠습니까?"

"마당에 있는 나무에 이렇게 하겠소."

다쿠안은 목을 매는 시늉을 하고 혀를 내밀어 보였다.

7

"다쿠안 스님께서 정신이 어떻게 됐나 봐. 오늘 아침에 들었는데, 당치도 않은 일을 맡았다더군."

불목하니(절에서 잡일을 하는 남자)가 걱정스러운 나머지 부엌에 와서 호들갑을 떨었다.

그에게서 자초지종을 들은 사람들도 눈을 동그랗게 뜨며 놀랐다.

"정말이야?"

"어쩔 생각이지?"

이윽고 주지도 알고 탄식했다.

"입이 화근이라는 말이 이런 것을 두고 하는 말이구나."

하지만 누구보다도 진심으로 걱정하기 시작한 사람은 오쓰였다. 철석같이 믿었던 약혼자 마타하치에게서 생각지도 못하고 있다가 받은 한 통의 절연장은 마타하치가 전장에서 죽었다는 소식보다 더 큰 상처가 되었다. 혼이덴 가의 노파도 그렇다. 언젠가 남편 될 사람의 어머니라고 생각하며 깍듯이 모셔왔는데 이제 앞으로 누구를 의지하며 살아가야 한단 말인가?

다쿠안은 이렇게 비탄의 어둠 속에 있는 그녀에게는 한 줄기 빛과 같았다.

베 짜는 방에서 혼자 울고 있을 때는 작년부터 마타하치를 위해 정성스럽게 짜던 옷감을 갈기갈기 찢어버리고 그 칼로 죽어버리겠다는 생각까지 했다. 그 생각을 버리고 방장에 술시중을 들러 간 것도 다쿠안에게 위로를 받고, 다쿠안에게 잡힌 손에서 인간의 따뜻한 정을 느낄 수 있었기 때문이다.

'그런 다쿠안 스님이.'

오쓰는 자기보다 지금은 다쿠안을 더 걱정했다. 쓸데없는 약속 때문에 다쿠안을 잃을 것 같은 슬픔에 마음이 찢어지는 것 같았다.

그녀의 상식으로 생각해보아도 지난 20여 일 동안 그렇게 산을 뒤지고 다녔어도 잡지 못한 다케조를 다쿠안과 자기, 단 둘이서 사흘 안에 잡는다는 것은 도저히 불가능한 일이었다.

서로의 약속을 무신武神인 유미야 하치만弓矢八幡 앞에 굳게 맹세하고 메기수염과 헤어진 다쿠안이 본당으로 돌아오자 그녀는 다쿠안에게 그의 무모함을 나무라지 않을 수 없었다. 그러나 다쿠안은 오쓰의 어깨를 다정하게 두드리면서 말했다.

"아무 걱정하지 마라. 마을의 걱정거리를 없애고, 이나바因幡, 다지마, 하리마播磨, 비젠, 네 고을에 걸친 가도의 불안을 없앨 뿐만 아니라 수많은 인명을 구할 수만 있다면 내 한 목숨을 희생하는 것쯤은 새털보다도 가볍구나. 우선 내일 저녁때까지 푹 쉬고 잠자코 내 뒤만 따라오너라."

제정신이 아니다.

다음 날, 어느새 저녁이 코앞에 와 있었다.

다쿠안은 뭘 하고 있나 싶어 찾아보았더니 본당 구석에서 고양이와 함께 낮잠을 자고 있었다.

주지를 비롯해 불목하니도, 잡역승도, 그녀의 공허한 얼굴을 보자 다쿠안과의 동행을 극구 말렸다.

"그만둬, 오쓰."

"어디 가서 숨어."

하지만 오쓰는 그런 생각은 아예 하지 않았다.

해는 벌써 서산으로 기울고 있었다.

주고쿠 산맥의 산자락에 주름이 잡힌 듯 자리 잡고 있는 아이다 강과 미야모토 마을에도 짙은 석양이 깔리기 시작했다.

고양이가 본당에서 뛰어내렸다. 다쿠안이 눈을 뜬 것이다. 다쿠안은 복도로 나오며 크게 기지개를 켰다.

"오쓰야, 이제 슬슬 나가 볼까 하는데, 준비해주겠니?"

"짚신과 지팡이, 각반, 그리고 약이랑 기름종이까지 산에 갈 준비는 다 했어요."

"그것 말고도 가지고 가고 싶은 게 있구나."

"창이요, 칼이요?"

"아니…… 음식이야."

"도시락이요?"

"냄비, 쌀, 소금, 된장. ……술도 조금 있으면 좋고, 뭐든 좋으니까 부엌에 있는 먹을 것을 한 보따리 싸서 가지고 오너라. 지팡이에 끼워서 둘이 메고 가자."

유인

1

가까운 산은 옻나무보다 어둡고, 먼 산은 운모보다 어슴푸레하다. 늦은 봄이라 바람은 미적지근하다.

길가에는 조릿대며 등나무가 무리지어 있고 안개가 자욱했다. 초저녁에 한바탕 비가 내렸는지 마을에서 멀어질수록 산은 젖어 있었다.

"참으로 한가롭구나, 오쓰."

다쿠안이 짐 보따리를 끼운 대지팡이를 앞에서 메고 걸어가며 말하자 뒤에서 같이 지팡이를 메고 따라오던 오쓰가 대답했다.

"뭐가 한가로워요? 도대체 어디까지 갈 생각이세요?"

"글쎄다."

다쿠안의 대답은 오쓰의 불안을 더 부추겼다.

"조금만 더 걷자."

"걷는 건 상관없지만……."

"고단하니?"

"아니요."

오쓰는 어깨가 아픈 듯 이따금 오른쪽 어깨에서 왼쪽 어깨로 지팡이를 옮겨 메곤 했다.

"산에 올라온 뒤로 사람이라곤 코빼기도 보지 못했어요."

"오늘은 메기수염 대장이 하루 종일 절에 나타나지 않은 걸 보니 산을 수색하던 사람들을 몽땅 마을로 철수시키고 약속한 사흘 동안 구경이나 하고 있겠다는 속셈인 것 같구나."

"스님은 도대체 어떻게 다케조 님을 잡겠다는 거죠?"

"나타날 게다, 사흘 안에."

"나타난다고 해도 그는 평소에도 무척 강한 사람이었어요. 게다가 그동안 사람들에게 쫓겨 다녔으니 이젠 약이 바짝 올라 있을 테죠. 악귀가 있다면 아마 지금의 다케조 님 같을 거예요. 생각만 해도 저는 다리가 후들거려요."

"어…… 네 발밑에."

"어머나! 깜짝 놀랐잖아요."

"다케조가 나타났다는 게 아니다. 중간중간 등나무 덩굴을 깔아놓은 데나 가시나무 울타리를 쳐놓은 데를 조심하라는 게야."

"수색자들이 다케조 님을 궁지에 몰아넣으려고 저렇게 만들어놓은 거죠?"

"조심하지 않으면 우리가 함정에 빠질 게다."

"그런 말을 들으니 겁이 나서 한 발짝도 움직이지 못하겠어요."

"함정에 빠진다면 내가 먼저야. 그나저나 쓸데없이 고생들만 했군. ……으음, 골짜기가 좀 좁아졌어."

"사누모 산의 뒤쪽은 이미 아까 지났어요. 이 근방은 쓰지노하라辻の原 부근이에요."

"밤새 걷기만 해봐야 소용없겠지?"

"저한테 물어보셔도 전 몰라요."

"잠깐 짐을 내려놓자."

"뭐 하시게요?"

다쿠안은 벼랑 끝까지 걸어가서 말했다.

"오줌 누려고."

아이다 강의 상류를 흐르는 급류는 그의 발아래에서 100척의 바위들과 부딪히며 요란한 소리를 내고 있었다.

"아아, 시원하다. ……내가 천지인가, 천지가 나인가."

쏴아, 시원하게 오줌을 누면서 다쿠안은 별이라도 세는지 하늘을 올려다보고 있었다.

오쓰는 멀찍이 떨어져서 불안해하며 물었다.

"다쿠안 스님, 아직이세요? 정말 오래도 누시네."

한참 만에 돌아온 다쿠안이 말했다.

"간 김에 역점을 치고 왔다. 자, 어림을 잡았으니 이젠 자리를 잡자."

"역易을요?"

"역이라 해도 내가 하는 것은 심역心易, 아니 영역靈易이라고 해두지. 땅의 모양과 물의 모양, 하늘의 모양 등을 종합해서 가만히 눈을 감고 있으니 저 산으로 가라고 점괘가 나오더구나."

"다카테루高照 말인가요?"

"산 이름은 모르지만 중턱에 나무가 없는 고원이 보이지 않느냐?"

"이타도리라는 목장이에요."

"이타도리라…… 사라진 자를 잡는다(이타도리를 일본어 이타모노토루去た者捕る로 풀어서 한 말)니 징조가 좋구나."

다쿠안은 큰 소리로 웃었다.

2

다카테루 봉우리의 중턱은 동남쪽을 향해 완만하게 경사가 져 있고, 멀리까지 시야가 넓게 트인 곳으로 마을에서는 이타도리 목장이라고 불렀다.

목장이라면 대개 소나 말을 방목하는 것이 마땅하지만, 눅눅한 미풍만이 초원을 어루만지고 있는 이곳에선 지금 소나 말 같은 것들은 그림자조차 볼 수 없었다.

"자, 여기에다 진을 치자꾸나. 지금 적인 다케조는 위魏나라의 조조이고, 나는 제갈공명인 셈이지."

오쓰는 짐을 내려놓고 의아한 표정을 지었다.

"여기서 뭘 하죠?"

"앉아 있는 거야."

"앉아 있으면 다케조 님이 잡혀주나요?"

"그물을 쳐놓으면 하늘을 나는 새도 걸려들게 돼 있어. 간단한 일이다."

"다쿠안 스님, 혹시 여우한테 홀린 건 아니죠?"

"불을 피우자, 걸려들지도 몰라."

다쿠안은 마른 나뭇가지를 모아 모닥불을 피웠다. 오쓰는 기분이 조금 좋아졌다.

"불이란 게 좋은 것이군요."

"불안했었나 보구나?"

"그거야…… 누구든 이런 산속에서 밤을 보낸다면 좋아할 사람이 어디 있겠어요? ……게다가 비라도 오면 어떡해요?"

"올라오다가 요 아래 길에서 동굴 같은 걸 봐뒀다. 비가 오면 그리로 피신하자."

"다케조 님도 밤이나 비 오는 날이면 그런 곳에 숨어 있겠죠? ……마을 사람들은 도대체 뭣 때문에 다케조 님을 그렇게까지 눈엣가시로 여기는 걸까요?"

"그저 권력이 그렇게 만든 것일 게다. 순박한 백성일수록 관의 힘을 두려워하니까, 관의 힘이 두려운 나머지 자기들의 땅에서…… 고향에서 형제를 쫓아내려고 하는 게다."

"그러니까 자기들만 살겠다는 거네요."

"모두가 힘없는 백성들이니 그 점은 용서해줘야지."

"정말 이해할 수 없는 것은 히메지 성의 무사들이에요. 고작 다케조 님 한 명을 상대로 그렇게까지 소란을 피우지 않아도 될 텐데."

"아니, 그것도 치안을 위해서는 어쩔 수 없단다. 애초에 다케조가 세키가하라에서부터 끊임없이 적에게 쫓겨 다니다가 그 불안한 마음을 그냥 안고 고향으로 돌아오는 길에 검문소를 때려 부순 것부터가 좋지 않았다. 산의 검문소를 지키고 있던 초병을 때려죽였고, 그것 때문에 또 잇따라서 사람을 죽이지 않으면 자신의 생명을 지킬 수 없게 된 것은 누구도 아닌 다케조가 스스로 세상물정을 몰라서 초래한 일이지."

"스님도 다케조 님을 미워하세요?"

"미워하고말고. 내가 영주라도 단호하게 그를 엄벌로 다스려서 백성들이 보는 앞에서 사지를 찢어 죽였을 게다. 그에게 땅을 뚫고 나갈 재주가 있다면 풀뿌리를 헤쳐서라도 붙잡아서 참형에 처해야지. 한낱 개인에 불과한 다케조 한 명을 관대하게 봐

줬다간 백성들의 기강이 흔들린단 말이다. 하물며 요즘 같은 난세에는."

"다쿠안 스님은 저에겐 인자하시지만 의외로 마음이 엄격하신 분이시군요?"

"엄하고말고. 나는 공명정대하게 상과 벌을 내리려는 사람이야. 그 권력을 받아서 여기에 와 있는 게다."

"어머!"

그때 오쓰가 무언가에 깜짝 놀란 듯 모닥불 옆에서 벌떡 일어났다.

"지금 저쪽 숲속에서 바스락거리는 발자국 소리 같은 게 났어요."

3

"뭐, 발소리가?"

다쿠안은 귀를 기울이더니 느닷없이 큰 소리로 웃었다.

"아하하하, 원숭이야, 원숭이. ……저길 봐라, 어미랑 새끼 원숭이가 나무 사이로 건너가고 있잖아."

"……휴, 놀래라."

오쓰는 마음이 놓인 듯 중얼거리며 다시 자리에 앉았다.

두 사람은 모닥불 불꽃을 바라보면서 그때부터 한 시간, 두 시간, 밤이 깊어지는 대로 맡겨둔 채 말없이 마주 앉아 있었다.

꺼져가는 모닥불에 다쿠안이 마른 나뭇가지를 잘라서 넣으며 말했다.

"오쓰, 무슨 생각을 하고 있느냐?"

"네?"

오쓰는 불꽃에 부석부석해진 눈을 들어 별이 총총한 밤하늘을 올려다보며 말했다.

"저는 지금 세상이 뭐랄까, 참 이상하다고 생각하고 있었어요. 이렇게 말없이 가만히 있으려니 무수한 별들이 고요한 한밤중에…… 아니, 잘못 말했네요. 이런 깊은 밤에도 삼라만상이…… 크게 조금씩 움직이고 있는 것을 알 수 있어요. 세상이라는 것이 아무래도 움직이고 있는 것 같아요. 그렇게 느꼈어요. 그리고 동시에 나라는 조그맣고 보잘것없는 존재조차 뭔가 이렇게…… 눈에 보이지 않는 것에 지배되어 이러고 있는 동안에도 운명이 시시각각 변하고 있는 건 아닌지…… 그런 생각이 끝도 없이 머릿속에서 떠오르네요."

"거짓말. ……물론 그런 생각도 들었는지는 모르겠지만, 너한테는 좀 더 절실하게 생각하고 있는 게 있을 게다."

"……."

"먼저 사과부터 해야겠지만, 실은 오쓰야, 너한테 온 편지를 내가 읽어봤다."

"편지요?"

"어쩌다 베 짜는 방에서 주웠는데 손도 대지 않고 울기만 하기에 내 소매에 넣어두었었다. ……그리고 지저분한 얘기 같지만 변소에서 쭈그리고 앉아 꼼꼼히 읽어보았다."

"어머나, 너무해요."

"그래서 모든 걸 알게 되었다. ……오쓰야, 그 일은 오히려 너한테는 다행스런 일이 아니니?"

"무슨 말씀이세요?"

"마타하치처럼 변덕이 심한 사내한테 시집을 갔다가 그런 절연장을 내던지고 사라져버리기라도 하면 어쩔 거냐? 아직 둘이 그런 사이가 아니니 나는 오히려 다행이라고 생각한다."

"여자는 그렇게 생각하지 못해요."

"그럼 어떻게 생각하고 있니?"

"분해요!"

갑자기 자기 옷소매를 꽉 문다.

"……반드시, 반드시 마타하치 님을 찾아내고 말겠어요. 제 마음을 말하지 않고는 이 울분이 가시지 않을 거예요. 그리고 오코라는 여자한테도……."

다쿠안은 그렇게 말하고는 정신없이 울기 시작하는 오쓰의 옆얼굴을 바라보면서 뜻 모를 말을 중얼거렸다.

"시작되었구나……."

그리고 잠시 후 오쓰를 보며 나직이 말했다.

"너만은 세상의 악도 인간의 위선도 모른 채 아가씨가 되고, 지어미가 되고, 또 할머니가 되어 무우화無憂華(석가의 어머니가 그 밑에서 석가를 고통 없이 순산한 보리수의 꽃)의 깨끗한 생을 마칠 것이라고 생각했는데, 역시 너에게도 이제 운명의 거친 바람이 불기 시작한 모양이다."

"다쿠안 스님! 저, 저는 어쩌면 좋죠? 분해요…… 너무나 분해요."

오쓰는 소맷자락에 얼굴을 파묻은 채 어깨를 들썩이며 하염없이 흐느꼈다.

4

낮에는 산속 동굴에 숨어서 두 사람은 자고 싶은 만큼 실컷 잤다.

먹을 것도 부족하지 않았다.

하지만 다쿠안은 무슨 생각을 하고 있는지 다케조를 잡는 일에는 관심이 없어 보였다. 찾으러 다니지도 않고, 걱정하는 기색조차 없다.

사흘째 밤이 되었다.

오쓰는 또 어제와 그제처럼 모닥불 옆에 앉아서 말했다.

"스님, 오늘 밤까지예요. 약속한 날이요."

"그렇구나."

"어쩌실 생각이세요?"

"뭘?"

"뭐라니요? 스님은 중요한 약속을 하시고 여기에 올라오시지 않았나요?"

"음."

"만약 오늘 밤 안에 다케조 님을 잡지 못하면……."

다쿠안은 그녀의 말을 가로막았다.

"알고 있다. 잘못되면 이 목을 천 년 묵은 삼나무 가지 끝에 매달아야 하겠지. ……하지만 걱정할 필요 없다. 나도 아직은 죽고 싶지 않으니까."

"그럼 좀 찾아보기라도 해요."

"찾는다고 만날 수 있겠느냐? 이 깊은 산속에서?"

"정말로 스님은 속을 모르겠어요. 나조차 이러고 있으니까 왠지 될 대로 되라는 배짱이 생기네요."

"바로 그거다, 배짱."

"그럼 스님은 배짱만 갖고 이런 일을 맡았단 말씀이세요?"

"뭐, 그런 셈이지."

"아아, 또다시 불안해지네."

어딘가 조금은 믿는 구석이 있을 것이라고 은근히 기대했던 오쓰도 지금은 정말로 불안한 듯했다.

'이 사람 바보 아닐까?'

정신이 조금 이상한 사람이 때로는 훌륭한 사람처럼 포장되는 경우가 있는데, 다쿠안 스님도 그런 예일지 모른다.

오쓰는 의심하기 시작했다.

그러나 다쿠안은 여전히 멍한 표정으로 모닥불을 피우면서 이제 막 깨달았다는 듯 중얼거린다.

"벌써 한밤중이군."

"그래요, 이제 곧 날이 샐 거예요."

오쓰는 일부러 쌀쌀맞게 말했다.

"글쎄다……."

"무슨 생각을 하고 있는 거예요?"

"이제 슬슬 나타날 때가 됐는데……."

"다케조 님 말인가요?"

"그래."

"누가 나 잡아가쇼 하고 나오겠어요?"

"아니, 그렇지 않아. 인간의 마음이란 게 실은 약하거든. 결코 고독이 본연의 모습은 아니란다. 하물며 주변의 모든 사람들로부터 괄시를 받고 쫓겨 다니면서 냉혹한 세상과 칼에 둘러싸여 있는 사람은……. 글쎄다, 이 따뜻한 불꽃을 보고도 찾아오지 않을 수 있을까?"

"그건 다쿠안 스님 혼자만의 생각 아닌가요?"

"그렇지 않아."

갑자기 자신 있는 목소리로 고개를 가로저었다. 오쓰는 다쿠안이 그렇게 반박하는 것이 오히려 기뻤다.

"내 생각에 신멘 다케조는 이미 저쪽까지 와 있을 게다. 그러나 아직 우리가 적인지 아군인지 모르는 게야. 딱하게도 제풀에 의혹에 빠져서 말도 걸지 못하고 음지에서 비굴하게 눈만 번뜩이고 있겠지. ……그래, 오쓰 네가 허리띠에 차고 있는 걸 내게 좀 빌려다오."

"이 피리 말이에요?"

"그래, 그 피리 말이다."

"싫어요. 이것만은 누구한테도 빌려줄 수 없어요."

5

"왜?"

다쿠안은 평소와 달리 집요했다.

"어쨌든 안 돼요."

오쓰는 고개를 저었다.

"빌려주는 게 좋을 게다. 피리는 불면 불수록 좋아지지 닳지는 않아."

"그래도……."

오쓰는 허리띠를 손으로 누른 채 여전히 빌려주려고 하지 않았다.

몸에서 한시도 떼어놓지 않는 그 피리가 그녀에게 얼마나 소중한 물건인지는 전부터 오쓰에게 수시로 들어왔던 터라 다쿠안도 그녀의 심정은 잘 알고 있었지만, 여기서 자기한테 빌려줄 정도의 너그러움은 그녀에게도 있을 것이라고 생각했다.

"함부로 다루지 않을 테니까, 아무튼 좀 빌려다오."

"싫어요."

"절대로 안 되겠니?"

"예. ……절대로요."

"고집이 세구나."

"예, 저 고집 세요."

"그럼……."

결국 다쿠안이 물러났다.

"네가 불어주렴. 아무거나 한 곡."

"싫어요."

"그것도 싫으냐?"

"예."

"왜?"

"눈물이 나서 못 불 것 같아요."

"흐음……."

고아는 고집이 세다고 생각한 다쿠안은 오쓰가 문득 측은해졌다. 그 완고한 마음의 우물은 늘 차가운 공허를 안고 있고, 무언가를 갈망하고 있다. 또 고아는 자기에게 없는 것을 항상 깊고 강하게 바라고 있다.

그것은 고아에겐 허락되지 않은 사랑의 샘물이었다. 오쓰의 가슴속에도, 오쓰가 모르는 환영뿐인 부모가 있고, 이러고 있는 동안에도 끊임없이 서로를 부르고 있겠지만 그녀는 그 육친의 사랑도 모른다.

피리도 실은 그녀의 부모가 남겨준 물건이다. 단 하나뿐인 부모의 모습이 피리였다. 그녀가 아직 세상의 빛도 잘 보지 못하던 젖먹이였을 때, 싯포 사의 툇마루에 새끼 고양이처럼 버려져 있었을 때, 허리띠에 이 피리가 꽂혀 있었다고 한다.

그러고 보면 이 피리는 그녀에게 실로 자신의 혈육을 찾을 수 있는 유일한 단서이기도 하고, 또 피리야말로 아직 얼굴도 보지 못한 부모의 모습이자 목소리이기도 하다.

'불면 눈물이 나니까.'

오쓰가 빌려주는 것도 싫고, 부는 것도 싫다고 한 심정은 이 한

마디로 충분히 알 수 있었고, 그래서 측은했다.

"……."

다쿠안은 더 이상 아무 말도 할 수 없었다.

공교롭게도 사흘째인 오늘 밤은 엷은 구름 사이로 진주색 달이 아련하게 떠 있었다. 가을에 와서 봄이 되면 돌아가는 기러기가 오늘 밤엔 이곳을 지나는지 구름 사이로 이따금 울음소리가 들려왔다.

"……불이 또 꺼지려고 하는구나. 오쓰, 거기 나뭇가지를 불에 넣어주렴. ……아니, 왜 그러느냐?"

"……."

"울고 있느냐?"

"……."

"내가 괜한 말을 해서 널 심란하게 한 모양이구나."

"……아니에요, 스님. ……저야말로 고집을 부려서 죄송해요. 피리를 빌려드릴게요."

오쓰는 허리띠에서 피리를 빼 다쿠안에게 내밀었다.

피리는 오래되어 색이 바랜 금란金襴(황금색 실을 섞어서 짠 바탕에 명주실로 봉황이나 꽃의 무늬를 놓은 비단) 주머니에 들어 있었다. 실은 해지고 끈도 삭았지만 고아한 향기를 머금고 있어서인지 안에 있는 피리까지 그윽했다.

"허 참…… 괜찮겠느냐?"

"상관없어요."

"그럼 꺼낸 김에 네가 한번 불어보는 건 어떨까? 난 듣는 것만도 좋구나. ……이렇게 가만히 앉아서 듣고 있을 테니까."

다쿠안은 피리에는 손도 대지 않고 옆으로 돌아앉더니 자신의 무릎을 끌어안았다.

6

평소에는 피리를 불어주겠다고 하면 불기도 전부터 얼렁뚱땅 피하던 다쿠안이 귀를 기울이며 눈을 지그시 감고 있자 오쓰는 오히려 부끄러워졌다.

"다쿠안 스님은 피리를 잘 부시나요?"

"못 불지는 않지."

"그럼 스님부터 먼저 불어보세요."

"그렇게 겸손 떨 필요는 없다. 너도 꽤 오랫동안 배웠다는 이야기는 익히 들었으니까."

"예, 기요하라류清原流의 사부님이 4년이나 절에 식객으로 계셨을 때죠."

"참 대단하구나. 그럼 〈시시獅々〉라든가 〈기쓰칸吉簡〉 같은 비곡祕曲도 불 수 있겠구나?"

“당치도 않아요.”

“그럼 뭐든 네가 좋아하는 걸로…… 아니, 네 가슴에 맺혀 있는 울적한 기분을 그 일곱 개의 구멍으로 불어서 없애겠다는 마음으로 불어보렴.”

“예. 저도 그런 생각을 했어요. 가슴속에 맺혀 있는 슬픔과 한, 한숨을 그런 생각으로 불어서 없애버릴 수만 있다면 얼마나 후련할까 하고요.”

“그래, 기분을 푼다는 건 중요한 일이란다. 한 자 네 치의 피리가 그대로 한 인간이고, 삼라만상이라고 하지. ……일곱 개의 구멍은 인간의 다섯 가지 감정과 양성兩性의 호흡이라고도 할 수 있단다. 혹시 《회죽초懷竹抄》를 읽어본 적이 있느냐?”

“잘 기억나지 않아요.”

“그 첫머리에 피리는 오성팔음五聲八音의 기器, 사덕이조四德二調의 화和라고 적혀 있다.”

“피리 선생님 같으세요.”

“내가 땡추의 표본 같은 사람 아니더냐. 자, 어디 그럼 그 피리를 한번 감정해볼까?”

“네, 좀 봐주세요.”

다쿠안은 피리를 쥐더니 바로 말했다.

“음, 이건 명기로구나. 이 피리를 아기와 함께 놓고 간 것을 보면 네 부모가 어떤 사람인지 대충 짐작이 가는구나.”

"피리 선생님도 칭찬하셨는데, 이 피리가 그렇게 좋은 건가요?"

"피리에도 모양이 있고, 심격心格이 있단다. 손에 쥐어보면 바로 느낄 수 있지. 옛날에는 도바인鳥羽院의 세미오리蟬折라든가 기요하라노 스케타네清原助種가 사용하여 유명해진 자니가시蛇逃がし의 피리처럼 정말로 굉장한 명기도 있었던 모양인데, 요즘같이 살벌한 세상에서 이런 피리를 본 것은 나도 처음인 것 같다. 불기도 전에 몸이 떨리기 시작하는구나."

"그런 말씀을 듣고 나니 가뜩이나 솜씨가 서툰 저는 더욱 못 불겠어요."

"이름이 있구나. ……그런데 별빛으로는 읽을 수가 없군."

"조그맣게 긴류吟龍라고 쓰여 있어요."

"긴류라. ……그렇군."

다쿠안은 피리와 주머니를 함께 그녀에게 건네면서 엄숙하게 말했다.

"자, 한 곡 부탁하마."

다쿠안의 진지한 태도에 오쓰도 화답했다.

"그럼, 서툰 솜씨지만……."

그녀는 풀 위에 똑바로 앉아 자세를 가다듬고 피리에 예를 올렸다.

다쿠안은 더 이상 입을 열지 않았다. 깊은 밤, 정적에 싸인 천지만 있을 뿐 다쿠안이라는 인간은 거기에 없는 것 같았다. 그의 검은 모습은 마치 원래부터 이 산에 있던 하나의 바위처럼 보일 뿐이었다.

"……."

오쓰는 입술에 피리를 가져다 댔다.

7

오쓰는 하얀 얼굴을 옆으로 살짝 돌리고 천천히 피리 부는 자세를 취했다. 피리의 서(입에 물고 피리를 부는 부분)에 물기를 적시고 먼저 마음을 가다듬는 모습은 평소의 그녀와는 사뭇 달랐다. 예술의 힘이랄까? 위엄이 있었다.

"그럼……."

다쿠안을 향해 다시 한 번 예를 갖춘다.

"부족한 솜씨지만."

"……."

다쿠안은 말없이 고개를 끄덕였다.

피리는 소리를 내기 시작했다.

그녀의 가늘고 하얀 손가락 마디가 하나하나 살아 있는 소인小人처럼 일곱 개의 구멍을 밟으며 춤을 춘다.

냇물이 흐르듯 나지막한 소리에 다쿠안은 자신이 흐르는 물이 되어 골짜기를 휘돌아 나가는 듯한 느낌에 휩싸였다. 맑고 높은 소리가 들려올 때는 영혼이 하늘로 끌려올라가 구름과 장난치는 기분이 들었고, 또 땅의 목소리와 하늘의 울림이 하나로 어우러져 세상의 무상을 서글퍼하는 솔바람의 연주로 바뀌어간다.

지그시 눈을 감고 듣고 있으려니 다쿠안은 그 옛날 산미 히로마사三位博雅가 달밤의 주작문朱雀門에서 피리를 불며 걷고 있을 때 누문樓門 위에서 마찬가지로 피리로 화답하는 자가 있어서 말을 걸어 피리를 바꾸고 밤새도록 둘이서 흥에 겨워 피리를 불었는데 나중에 알고 보니 그것은 귀신의 화신이었다는 전설이 생각났다.

귀신조차 음악에는 감동하는데 하물며 이 아리따운 여인의 피리에 오정五情을 가진 인간이 어찌 감동하지 않을 수 있을까.

다쿠안은 믿었다. 또 울고 싶어졌다.

눈물만 흘리지 않았지 그의 얼굴은 점점 무릎 사이로 파고들었다. 그 무릎을 자기도 모르게 단단히 끌어안고 있었다.

모닥불은 불꽃이 튀는 소리를 내며 두 사람 사이에서 꺼져가고 있었지만 오쓰의 뺨은 반대로 빨갛게 달아올랐다. 자기가 내는 소리에 취한 오쓰는 자기가 피리인지, 피리가 자기인지 분간할 수 없었다.

어머니는 어디에 계실까? 아버지는? 피리 소리는 우주를 가로 지르며 낳아주신 부모님을 부르는 듯했다. 또 자기를 버리고 먼 타지에 있는 무정한 남자에게 이처럼 버림받은 마음은 상처투성이가 되었다는 것을 한스럽게 호소하는 듯했다.

더, 더 애절하게.

아픈 상처를 안고 있는 열일곱 살 처녀는 앞으로 부모도 의지할 데도 없이 어떻게 살아갈 것이며, 또 어떻게 여느 여자와 같은 여자로서의 삶을 꿈꾸며 살아갈 수 있단 말인가.

그 안타까운 심정을 간드러지게 호소하고 있다. 연주에 도취된 것일까? 아니면 그런 감정이 마침내 흐트러지기 시작한 것일까? 오쓰의 호흡이 지친 기색을 띠기 시작했고, 이마에 땀이 살짝 맺히는가 싶더니 그녀의 뺨을 타고 주르르 눈물이 흘러내렸다.

긴 곡은 아직 끝나지 않았다. 낭랑하게, 물 흐르듯, 흐느껴 울다 목이 메어서 멈출 곳을 모르는 듯.

그때…….

꺼져가는 모닥불에서 두세 간間(1간은 약 1.8미터)쯤 앞에 있는 풀숲에서 바스락거리며 짐승이 기어가는 듯한 소리가 났다.

다쿠안은 고개를 들고 그 검은 물체를 가만히 쳐다보고 있다가 조용히 손을 들며 말했다.

"거긴 이슬에 젖어 추울 테니 염려 말고 불 있는 데로 와서 들으시게."

오쓰는 의아해하며 피리에서 입을 뗐다.

"다쿠안 스님, 혼자서 뭐라고 하시는 거예요?"

"오쓰, 아직 모르고 있었니? 아까부터 저쪽에 다케조가 와서 네 피리 소리를 듣고 있었잖느냐."

그러면서 손을 들어 가리켰다.

무심코 돌아본 순간 오쓰는 외마디 비명을 질렀다.

"꺄악."

그러고는 그 그림자를 향해 피리를 던졌다.

8

비명을 지른 오쓰보다도 오히려 더 놀란 듯 보이는 것은 그곳에 웅크리고 있던 사람이었다. 풀숲에서 사슴처럼 벌떡 일어나 반대쪽으로 도망치려고 했다.

다쿠안은 예상치 못한 오쓰의 비명에 조용히 뜰채로 막 건져 올리려던 물고기를 물가에서 놓친 듯한 기분이었다.

"다케조!"

당황한 그는 온 힘을 다해 불렀다.

"거기 서게!"

그의 목소리에는 상대를 위압하는 듯한 힘이 있었다. 목소리로 상대를 제압한다고 할까, 속박한다고 할까, 그대로 뿌리치고 갈 수 없는 힘이 있었다. 다케조는 발에 못이 박힌 듯 그 자리에 서서 뒤돌아보았다.

"……?"

날카롭게 번뜩이는 눈이 가만히 다쿠안과 오쓰 쪽을 보고 있었다. 의심과 살기로 불타오르는 눈빛이었다.

"……."

다쿠안은 그냥 말없이 서 있었다. 다케조가 노려보고 있는 한 그도 조용히 팔짱을 끼고 다케조를 응시하고 있을 뿐이었다. 숨소리마저 똑같이 장단을 맞추듯이.

그러는 사이에 다쿠안의 눈가에 뭐라고 표현할 수 없는 자애로운 주름이 잡히더니 그는 팔짱을 풀고 다케조를 손짓으로 부르며 말했다.

"이리 나오게."

다케조는 순간 눈을 껌벅이며 시커먼 얼굴에 복잡한 표정을 지었다.

"이리 오지 않겠나? 이리 와서 같이 놀아."

"……?"

"술도 있고, 먹을 것도 있네. 우리는 자네의 적도 원수도 아니야. 불을 쬐며 이야기나 나누세."

"……."

"다케조, 자넨 뭔가 큰 착각을 하고 있는 것 같군. 불도 있고, 술도 있고, 먹을 것도 있고, 또 따뜻한 정도 나눌 수 있는 세상이네. 자넨 스스로 자신을 지옥에 몰아넣고 이 세상을 비뚤어진 눈으로 바라보고 있지 않은가? ……세상엔 도리라는 것이 있네. 하긴 자네 처지가 되면 도리 같은 건 귀에 들어오지 않겠지. 자, 이 모닥불 옆으로 오게나. ……오쓰야, 아까 삶아놓은 감자에 찬밥이라도 넣어서 감자죽이라도 만들어주지 않으련? 나도 배가 고프구나."

오쓰는 냄비를 걸고, 다쿠안은 술을 데웠다. 두 사람의 그런 평화로운 모습을 보고 다케조는 그제야 안심한 듯 한 걸음 한 걸음 다가오다가 이번엔 뭔가 떳떳치 못한 부끄러움에 사로잡혀서 멈춰 서는 것이었다. 다쿠안은 돌 하나를 불 옆에 가져다 놓고 다케조의 어깨를 두드리며 말했다.

"자, 이리 앉게."

다케조는 순순히 앉았다. 하지만 오쓰는 그의 얼굴을 볼 수 없었다. 사슬이 풀린 맹수 앞에 있는 듯한 기분이었다.

"음, 다 끓은 것 같구나."

다쿠안은 냄비 뚜껑을 들고 젓가락으로 감자를 찔렀다. 그리고 자기 입에 넣고 우적우적 씹으며 말했다.

"호, 맛있게 익었군. 어떤가, 자네도 먹어볼 텐가?"

"……."

다케조는 고개를 끄덕이고 그제야 비로소 하얀 이를 보이며 씨익 웃었다.

9

오쓰가 감자죽을 그릇에 담아 건네자 다케조는 후우후우 입김을 불어 뜨거운 죽을 식혀가며 먹었다.

젓가락을 들고 있는 그의 손이 떨린다. 그릇 가장자리에 이가 부딪히는 소리가 달그락거린다. 얼마나 굶었는지 비참하다는 따위의 말은 평범하게 느껴질 정도다. 무서울 정도로 진지한 본능의 전율이었다.

"맛있게 잘 먹었다."

다쿠안이 먼저 젓가락을 놓고 다케조에게 술을 권했다.

"술 한잔할 텐가?"

"술은 안 마십니다."

다케조가 대답했다.

"싫어하나?"

그렇게 묻자 다케조는 고개를 가로저었다. 수십 일 동안 산에 숨어서 지낸 터라 그의 위가 강한 자극을 견디지 못하는 듯했다.

"덕분에 따뜻해졌습니다."

"더 먹지 그러나?"

"많이 먹었습니다."

다케조는 오쓰에게 그릇을 돌려주며 새삼스럽게 불렀다.

"오쓰……."

오쓰는 고개를 숙인 채 들리지도 않을 것 같은 목소리로 대답했다.

"네."

"여기엔 뭐 하러 왔어? 어젯밤에도 이 근방에서 불빛이 보이던데."

다케조의 질문에 오쓰는 가슴이 뜨끔했다. 어떻게 대답해야 좋을지 망설이고 있는데 다쿠안이 옆에서 아무렇지도 않다는 듯 툭 내뱉었다.

"실은 자넬 잡으러 왔네."

다케조는 별로 놀라지도 않았다. 말없이 고개를 떨어뜨렸다가 오히려 이해가 안 간다는 듯 두 사람의 얼굴을 번갈아 쳐다보는 것이었다.

다쿠안은 다케조를 향해 돌아앉으며 말했다.

"어떤가, 다케조. 어차피 잡힐 바에는 나의 법승法繩에 묶이지 않겠는가? 국법도 법이고 불법도 법인데 같은 법은 법이라도 나의 불법에 묶이는 쪽이 훨씬 인간다운 취급을 받게 될 걸세."

"싫습니다."

분연히 고개를 가로젓는 다케조를 달래며 다쿠안이 말했다.

"들어보게. 죽어서 뼈만 남을지라도 반항하려는 자네의 심정은 잘 알고 있네. 하지만 이길 수 있겠는가?"

"이기다니요?"

"자네가 미워하는 사람들 모두, 영주의 법규에, 또 자네 자신에게 이길 수 있겠는가?"

"난 이미 졌습니다."

신음하듯 말하고 다케조는 비참한 얼굴을 울먹이듯 일그러뜨렸다.

"마지막엔 결국 베어 죽일 수밖에요. 혼이덴의 할멈이랑 히메지의 무사들, 저주스러운 놈들을 베고 또 베고……."

"누님은 어쩌고?"

"네?"

"히나구라의 옥에 갇혀 있는 자네 누님, 오긴은 어쩔 생각이냐고 묻는 걸세."

"……."

"마음씨 곱고 동생을 끔찍하게 생각하는 누님을……. 아니 어디 그뿐인가, 하리마의 명문 아카마쓰 가의 지류支流인 히라타 쇼겐平田將監 이래 신멘 무니사이의 가명家名을 자네는 어떻게 할 생각인가?"

다케조는 손톱이 자란 시커먼 손으로 얼굴을 감쌌다.

"……내 알 바 아닙니다. ……이제, 그, 그런 건 어찌 되든."

수척해진 어깨를 들썩이면서 눈물을 줄줄 흘리며 소리쳤다.

그러자 다쿠안은 주먹을 움켜쥐고 느닷없이 다케조의 얼굴을 옆에서 있는 힘껏 후려갈기며 큰 소리로 꾸짖었다.

"이 못난 놈!"

기세에 압도당한 다케조가 비틀거리는 틈을 놓치지 않고 다쿠안은 다시 한 번 그의 얼굴에 주먹을 날렸다.

"못된 놈, 불효막심한 놈. 네 부모와 조상님들을 대신해서 이 다쿠안이 혼쭐을 내주마. 한 번 더 내 주먹을 받아라! 어디 그래, 아프냐? 안 아프냐?"

"끄응, 아픕니다……."

"아프다면 아직은 그래도 인간이 될 가망이 조금은 있나 보구나. 오쓰야, 거기 있는 밧줄을 이리 건네거라. ……뭘 망설이느냐? 다케조는 이미 나에게 잡히겠다고 생각하고 있단 말이다. 그것은 권력의 밧줄이 아니다. 내가 묶는 것은 자비의 밧줄이다. 뭐가 두려워서 꾸물거리는 게냐? 어서 가지고 오너라."

다쿠안의 몸에 깔린 다케조는 눈을 감고 있었다. 밀쳐내면 다쿠안의 몸뚱이 정도는 공처럼 튕겨져 날아가겠지만, 어찌 된 일인지 그는 팔다리를 모두 맥없이 풀 위에 뻗은 채 누워 있었다. 눈에서는 하염없이 눈물을 흘리면서.

천 년 묵은 삼나무

1

아침이 되자 싯포 사가 있는 산에서 뎅뎅 종이 울렸다. 평소에 울리던 종소리와는 다르다. 오늘이 약속한 사흘째라는 것을 알리는 종소리다. 길보냐 흉보냐 하고 마을 사람들은 저마다 떠들어대며 앞다퉈 싯포 사로 달려갔다.

"잡혔다! 다케조가 잡혀왔다!"

"우와, 정말?"

"누가 잡았대?"

"다쿠안 스님이래."

본당 앞은 밀려든 사람들로 둘러싸여 있었다. 그들은 그곳 계단 난간에 맹수처럼 묶여 있는 다케조를 바라보며 오에 산大江山의 귀신이라도 본 것처럼 침을 삼켰다.

다쿠안은 싱글싱글 웃으면서 계단에 앉아 있었다.

"여러분 이제 안심하고 농사를 지을 수 있을 겁니다."

사람들은 어느새 다쿠안을 마을의 수호신이나 영웅처럼 여기게 되었다.

흙바닥에 꿇어앉는 사람이 있는가 하면 그의 손을 잡고 발밑에서 절을 하는 사람도 있었다.

"이러지들 마시오. 그만, 그만."

다쿠안은 그런 사람들에게 손을 흔들며 말했다.

"마을 주민 여러분, 잘 들으시오. 다케조가 잡힌 것은 소승이 대단해서가 아니라 자연의 섭리입니다. 세상의 법도를 저버리고 이길 수 있는 인간은 한 명도 없습니다. 대단한 것은 바로 이 법도입니다."

"겸손하기까지 하시니, 정말 대단하세요."

"그렇게 자꾸 강요들 하시니, 일단은 소승이 대단하다고 해두죠. 그건 그렇고 여러분께 상의드릴 게 있습니다."

"무엇인가요?"

"다름이 아니라 여기 있는 다케조의 처벌 문제입니다. 소승이 사흘 안에 잡아오지 못하면 내 목을 내놓고, 만약 잡아오면 다케조의 처분은 내게 맡기기로 이케다 가의 가신과 약속을 했소이다."

"그 얘긴 들어서 알고 있습니다."

"그런데…… 어떻게 하면 좋겠소? 보시다시피 당사자를 여기 이렇게 잡아다 놓았는데, 죽일까요, 아니면 살려서 놓아줄까요?"

"놓아주다니 당치도 않습니다."

사람들은 한 목소리로 소리쳤다.

"죽이는 수밖에 없어요. 이런 무서운 인간을 살려두었다간 무슨 짓을 저지를지 모릅니다. 마을에 해만 될 뿐이오."

"흠……."

다쿠안이 무언가를 생각하는 듯하자 마을 사람들은 답답해하며 큰 소리로 외쳤다.

"때려죽입시다."

그때 한 노파가 앞으로 나오더니 다케조의 얼굴을 노려보며 다가갔다. 혼이덴 가의 오스기 할멈이었다. 오스기는 손에 들고 있던 뽕나무 가지를 휘둘러 다케조를 때리며 말했다.

"곱게 죽일 성 싶으냐? 내 속이 풀릴 때까진 어림도 없다, 이 흉측한 놈아!"

두 대, 석 대 있는 힘껏 때린다.

"다쿠안 스님."

그리고 이번엔 다쿠안에게 잡아먹을 듯한 시선을 돌렸다.

"할멈, 왜 그러시오?"

"내 아들 마타하치는 이 녀석 때문에 인생을 망쳐서 혼이덴 가는 대가 끊기게 생겼소."

"흠, 마타하치라. 그 아이는 행실이 그리 좋지 않으니 이참에 차라리 양자를 들이는 게 할멈을 위해서도 낫지 않겠소?"

"무슨 말씀이오? 좋든 나쁘든 내 자식이외다. 다케조는 내 자식의 원수요. 이놈의 처분은 내게 맡겨주시오."

그때 오스기의 말을 누군가 뒤쪽에서 거만한 목소리로 가로막는 자가 있었다.

"안 될 소리!"

사람들은 그의 옷자락에 닿는 것조차 두려운 듯 일제히 길을 열었다. 다케조를 잡으러 온 메기수염 대장의 얼굴이 거기에 있었다.

2

그는 무척이나 불쾌한 듯했다.

"어디, 구경들 났나? 모두들 썩 물러가라!"

메기수염은 호통을 쳤다.

다쿠안도 옆에서 말했다.

"아니, 여러분 아직 물러가서는 안 됩니다. 다케조를 어떻게 처리할지 상의하기 위해 소승이 부른 것이니 그냥 있으시오."

"시끄럽소!"

메기수염은 어깨를 거들먹거리며 일갈하고는 그렇게 말하는 다쿠안을 비롯해서 오스기와 군중들을 둘러보았다.

"다케조는 국법을 어긴 대역죄인이자 세키가하라의 잔당이다. 아무나 마음대로 처리할 수 있는 놈이 아니란 말이다. 처벌은 오로지 영주님만이 하실 수 있는 일이다."

"아니 될 말!"

다쿠안은 고개를 가로저으며 단호한 기색을 보였다.

"약속을 어길 셈이오?"

메기수염은 자신의 일신이 걸린 문제라 기를 쓰고 말했다.

"다쿠안 스님. 스님께는 영주님께서 약속하신 포상금을 드릴 것이오. 다케조의 처분은 우리에게 맡겨주시오."

그 말을 다 듣고 다쿠안은 가소롭다는 듯 껄껄껄 웃었다. 대답도 하지 않고 웃기만 할 뿐이었다.

"무, 무례하오. 왜 웃는 것이오?"

"누가 무례하단 말이오? 그대는 나와 한 약속을 어길 셈이오? 좋소. 약속을 어기겠다면 그 대신 내가 잡은 다케조는 지금 당장 포승을 풀어 놓아주겠소."

마을 사람들은 놀라서 뒤로 엉거주춤 물러났다.

"그래도 되겠소?"

"……."

"포승을 풀어서 그대에게 덤비게 해주지. 그대는 이 자리에서 다케조와 한 판 승부를 겨루고 마음대로 잡아가면 될 것이오."

"앗, 잠깐만 기다리시오."

"왜 그러시나?"

"어렵게 잡은 놈을 풀어주면 또 난동을 부릴 수도 있소. 다케조를 베는 것은 스님께 맡길 터이니 목은 내게 넘겨주시겠소?"

"목을? ……농담하지 마시오. 장례식은 중의 소관. 그대에게 시체를 넘긴다면 절은 뭘 먹고살라고?"

어린애 다루듯 한다. 다쿠안은 이렇게 야유를 하고 다시 마을 사람들 쪽으로 돌아섰다.

"여러분 모두의 의견을 구해도 쉽사리 결론이 날 것 같지 않소. 죽이더라도 칼로 베어버리는 건 성에 차지 않는다는 할멈도 있으니까. ……그렇지. 네댓새 동안 다케조를 저기 천 년 묵은 삼나무 우듬지에 올려 손발을 가지에 묶어서 비바람을 맞게 하고, 까마귀가 눈알을 파먹게 하면 어떻겠소?"

"……."

너무 가혹하다고 생각한 것일까? 아무도 대답하지 않았다. 그때 오스기가 앞으로 나서며 말했다.

"다쿠안 스님, 좋은 생각이십니다. 네댓새 갖고는 부족하니 열흘이든 스무 날이든 저 나무 우듬지에 매달아 비바람을 맞히고, 마지막에는 이 할멈이 숨통을 끊게 해주시오."

다쿠안은 대수롭지 않게 말했다.

"그럼, 그렇게 결정하겠소."

다쿠안은 다케조를 묶은 밧줄을 잡았다.

다케조는 고개를 숙인 채 묵묵히 삼나무 아래로 걸어갔다.

마을 사람들은 한편으로는 측은한 생각이 들기도 했지만 그동안 쌓여온 분노도 쉬 가라앉지 않았다. 이윽고 그의 몸은 20척이나 되는 삼나무의 우듬지로 끌어올려져서 지푸라기 인형처럼 허공에 매달렸다.

3

산에서 내려온 날 절에 돌아와 자기 방에 들어간 오쓰는 그날부터 갑자기 심한 외로움에 시달리기 시작했다.

'왜 이러지?'

외톨이로 살아온 것이 어제오늘 일도 아니고, 절에는 어쨌든 사람들도 있고, 따스한 온기도, 밝은 불빛도 있지만, 산에 있던 사흘 동안은 적막한 어둠 속에서 다쿠안 스님과 단둘이었다. 그런데 왜 절에 돌아오고 나서 이렇게 더 외로운 걸까?

자기 마음을 자기에게 물어보기라도 하는 듯 열일곱 살의 이 아가씨는 한나절 내내 창가의 작은 책상에 턱을 괸 채 앉아 있었다.

'알았다.'

오쓰는 어렴풋이 자기 마음을 본 것 같았다. 외롭다는 마음은 굶주림과 같다. 그것은 몸 바깥에 있는 것이 아니다. 거기에 만족할 수 없는 것을 느낄 때 외로움이 다가온다.

절에는 사람들이 드나들고, 따뜻한 온기도, 밝은 불빛도 있어서 떠들썩했지만, 그런 것으로 이 외로움을 달랠 수 있는 것은 아니었다.

산에는 말없는 나무와 안개와 어둠밖에 없었지만, 사흘 동안 함께 있었던 다쿠안이라는 사람은 결코 몸 바깥에 있는 사람이 아니었다. 그의 말에는 피를 뚫고 마음에 닿아서 불보다도 불빛보다도 마음에 활기를 불어넣어주는 무언가가 있었다.

'그 다쿠안 스님이 없어서 그래!'

오쓰는 벌떡 일어났다.

그러나 정작 다쿠안은 다케조의 일을 처리한 후 히메지 성의 가신들과 객실에서 무릎을 맞대고 앉아 무언가를 의논하는 데 여념이 없었다. 마을로 내려온 뒤로는 너무 바빠서 자신과 산속에서처럼 이야기를 나눌 시간조차 없는 것 같았다.

그런 생각이 들자 그녀는 다시 자리에 앉았다. 마음을 이해해줄 지기가 몹시도 그리웠다. 몇 명이든 상관없다. 단 한 명이라도 좋으니 자신을 이해해주는 사람, 자신의 힘이 되어주는 사람, 믿을 수 있는 사람이 필요했다. 이제는 그런 사람이 필요해서 미쳐버릴 지경이었다.

피리. 부모님이 남겨주신 피리. 그것은 여기에 있지만 더 이상 차가운 대나무 한 자루로는 막을 수 없는 것이 열일곱 살 아가씨의 가슴속에서는 자라고 있었다. 더 절실하고 현실적인 대상이 아니고는 충분히 채워지지가 않는다.

"너무 분해……."

그 일에 대해서도 그녀는 혼이덴 마타하치의 매정한 마음을 원망하지 않을 수 없었다. 책상은 눈물로 얼룩졌고, 분한 나머지 핏줄이 선 관자놀이가 지끈지끈 아팠다.

뒤쪽 장지문이 조용히 열렸다.

어느새 절 부엌은 노을빛으로 물들고 있었다. 열린 문 너머로 아궁이의 불이 빨갛게 보였다.

"어이구야, 여기 있었구나. ……진종일 허탕 쳤네."

오스기가 중얼거리면서 들어왔다.

"어머님, 어쩐 일이세요?"

황급히 방석을 내놓자 오스기는 아랑곳 않고 목불처럼 앉아서 위엄 있는 목소리로 말했다.

"아가."

"네."

오쓰는 긴장한 듯 손을 꼼지락거렸다.

"너의 각오를 확인해보고 할 말도 있어서 찾아왔다. 여태껏 다쿠안 스님과 히메지 성의 가신들과 의논을 해봤는데……. 여기 낫쇼納所(잡무를 맡아 처리하는 하급 승려를 가리키는 낫쇼보즈納所坊主의 준말)들은 어째 차도 주지 않느냐? 목이 마르니 우선 차나 한잔 다오."

4

"다름이 아니라……."

오쓰가 내온 차를 마시고 할멈은 다시 위엄 있는 목소리로 말했다.

"다케조란 놈이 한 말을 그대로 믿을 수는 없지만 마타하치는 타지에서 살고 있는 모양이더구나."

"그런데요?"

오쓰는 쌀쌀맞게 대답했다.

"아니, 설혹 죽었다고 치자. 너는 이 절 스님이 마타하치의 배필로 정해주셨으니 혼이덴 가에서 맡아야 할 며느리다. 앞으로 어떤 일이 있어도 그것에 다른 마음은 먹지 않겠지?"

"예……."

"그래야 하겠지?"

"예……."

"그럼 우선 한 가지는 안심이구나. 그래서 말인데, 어쨌든 세상도 어수선하고, 나도 당분간 마타하치가 돌아오지 못한다면 자유롭게 움직일 수도 없고, 분가한 딸에게 이것저것 시킬 수도 없는 노릇이니 이참에 네가 절에서 나와 혼이덴 가로 옮겼으면 싶구나."

"제가요……?"

"너 말고 누가 또 혼이덴 가로 시집을 오겠느냐?"

"하지만……."

"나랑 사는 것이 싫은 게냐?"

"그…… 그런 뜻은 아니지만."

"그럼 짐을 꾸려놓거라."

"저…… 짐은 마타하치 님이 돌아온 다음에."

"안 된다."

오스기는 단호했다.

"그 애가 돌아올 때까지 너한테 다른 놈팡이가 생겨서는 안 돼. 며느리의 행동거지를 지켜보는 것이 시어미가 할 노릇. 내 옆에 있으면서 그 애가 돌아올 때까지 밭일도 하고, 누에도 치고, 바느질이며 예의범절 같은 것도 배워놓거라. 알겠느냐?"

"예…… 예……."

어쩔 수 없이 대답하는 자신의 목소리가 오쓰에게는 비참하게 우는 것처럼 들렸다.

"다음은……."

오스기는 명령하듯이 말했다.

"다케조에 관한 일인데, 난 다쿠안 스님의 꿍꿍이를 도무지 알 수가 없구나. 다행히 넌 이 절에 머물고 있으니 그놈의 숨이 넘어갈 때까지 정신 똑바로 차리고 예서 감시하고 있거라. 한밤중에도 정신을 차리고 있지 않으면 저 다쿠안이 제멋대로 무슨 짓을 저지를지 모른다."

"그럼 제가 여기서 나가는 것은 지금 당장이 아니어도 된다는 말씀이십니까?"

"한 번에 두 가지 일을 할 수야 없지. 네가 짐과 함께 혼이덴 가로 옮겨오는 날은 다케조의 목이 떨어지는 날이다. 알겠느냐?"

"알겠습니다."

"반드시 명심해야 하느니라."

다시 한 번 다짐을 두고 오스기는 나갔다.

그런데 그때를 기다렸다는 듯이 창밖에서 인기척이 나며 작은 목소리로 누군가가 오쓰를 불렀다.

"오쓰, 오쓰."

얼른 얼굴을 내밀고 보니 메기수염 대장이 거기에 서 있었다. 그는 느닷없이 창 너머로 손을 뻗더니 그녀의 손을 꽉 잡았다.

"그동안 신세를 참 많이 졌구나. 성에서 사람이 와서 급히 돌아가 봐야 할 것 같다."

"어머, 그러세요?"

오쓰는 손을 뒤로 뺐지만 메기수염은 더욱 꽉 움켜쥐며 말을 이었다.

"영주님이 아마 이번 사건을 들으시고 거기에 대해 물으시려는 것 같구나. 다케조의 목만 가져갈 수 있으면 내 체면이 근사하게 설 텐데, 말이 났으니 말이지 다쿠안이란 중놈이 무슨 말을 해도 고집을 꺾지 않으려고 하니. ……하지만 너만은 내 편이겠지? ……이 편지는 나중에라도 좋으니 사람들이 없는 데서 읽어보아라."

뭔가를 손에 쥐어주고 메기수염은 산기슭 쪽으로 허둥지둥 사라졌다.

5

편지만 있는 것이 아니었다. 뭔가 묵직한 것이 그것에 싸여 있었다.

메기수염의 야심은 그녀도 잘 알고 있었다. 왠지 께름칙했지만 조심스럽게 펼쳐서 보니 황금색의 큼지막한 게이초 금화가 한 닢 들어 있었다.

그리고 편지에는 이렇게 쓰여 있었다.

이미 말했듯이 며칠 내로 다케조의 수급을 베어서 몰래 히메지 성으로 와주시오.

또한 이 사람의 의중은 이미 그대도 잘 알고 있으리라 생각하오.

내 비록 보잘것없지만 이케다 영주의 가신으로 아오키 단자에몬青木丹左衛門이라는 천 석지기 무사라면 모르는 이가 없소.

그대가 내 아내가 된다면 내 성심을 다해 그대를 보살필 것이고, 그대는 천 석지기 아내로서 뜻대로 영화를 누릴 수 있을 것이오.

이 몸이 거짓말이나 하는 사람은 절대로 아니니 이 글을 서약서로 알고 간직하고 있으시오. 다시 말하지만 낭군을 위한 일이니 다케조의 수급을 꼭 가지고 와주시오.

그럼 바빠서 이만 줄이겠소.

단자에몬

"오쓰야, 저녁은 먹었느냐?"

밖에서 다쿠안의 목소리가 들리자 오쓰는 짚신을 신고 나가며 대답했다.

"오늘 밤엔 먹고 싶지 않아요. 머리가 좀 아파서……."

"들고 있는 건 무엇이냐?"

"편지예요."

"누가 보낸 것이냐?"

"보실래요?"

"상관없다면 보여주렴."

"괜찮아요."

오쓰가 편지를 건네자 다쿠안은 다 읽고 나더니 큰 소리로 웃었다.

"어이없게도 널 색정과 욕망으로 매수하려 드는구나. 메기수염의 이름이 아오키 단자에몬이라는 것은 이 편지를 보고 처음 알았다. 세상에 이렇게 기특한 무사도 있다니. 아니, 축하할 일이구나."

"그건 그런데 돈이 싸여 있었어요. 이걸 어쩌죠?"

"허어, 큰돈이구나."

"난처해 죽겠어요."

"돈 문제라면 걱정할 것 없다."

다쿠안은 돈을 받아들고 본당 앞으로 걸어갔다. 그리고 시주함에 집어넣으려다가 그 돈을 이마에 대고 절을 한 뒤 다시 오쓰에게 건네주었다.

"아니, 이 돈은 네가 갖고 있거라. 별 문제는 없을 게다."

"하지만 나중에 뭔가 트집을 잡을지도 모르는데……."

"이 돈은 더 이상 메기수염이 준 돈이 아니다. 부처님께 바친 것을 다시 부처님께서 네게 준 돈이야. 그 대신 잘 간직하고 있어라."

다쿠안은 직접 오쓰의 허리띠 사이에 돈을 넣어주고 하늘을 올려다보았다.

"……아. 오늘 밤엔 바람이 불겠구나."

"한동안 비가 안 내렸으니까……."

"봄도 다 끝나가는데, 비나 한바탕 쏟아져서 시든 꽃잎이랑 인간의 게으른 마음을 씻어가 줬으면 좋겠구나."

"그렇게 큰비가 오면 다케조 님은 대체 어떻게 되죠?"

"음, 다케조 말이냐……?"

두 사람의 얼굴이 동시에 천 년 묵은 삼나무 쪽을 돌아보았을 때였다. 바람이 부는 큰 나무 위에서 사람의 목소리가 들렸다.

"다쿠안, 다쿠안!"

"응? 다케조인가?"

"이 빌어먹을 중놈, 엉터리 땡추 다쿠안아! 할 말이 있으니 이 밑으로 오너라."

우듬지가 흔들릴 정도로 세차게 불어대는 바람에 목소리가 갈라져서 이상하게 울렸다. 그리고 땅에도 다쿠안의 얼굴에도 삼나무 잎이 우수수 떨어져 내렸다.

6

"하하하하. 다케조, 여전히 기운이 팔팔하구나."

다쿠안은 목소리가 들리는 삼나무 아래로 신발을 끌고 다가

갔다.

"기운은 좋아 보이는데 조만간 죽는다는 두려움에 괜히 허세를 부리는 건 아니냐?"

다쿠안은 적당한 곳에서 걸음을 멈추고 다케조를 올려다보았다.

"닥쳐라!"

다케조가 다시 소리쳤다.

기운이 있다기보다는 분노에 찬 목소리였다.

"죽는 게 두려웠다면 어찌 네놈의 밧줄에 묶였겠느냐?"

"그건 내가 강하고 네가 약했기 때문이지."

"이 땡추가 무슨 개소리야!"

"허세를 떨긴. 지금 한 말이 마음에 들지 않는다면 내가 영리했고 네가 멍청했다고 고쳐 말할까?"

"이놈이 잘도 지껄이는구나."

"어이, 나무 위의 원숭이님, 아무리 몸부림쳐봐야 이 커다란 나무에 꼼짝없이 묶여 있으니 소용없는 짓이다. 보기만 흉할 뿐이야."

"다쿠안, 잘 들어라."

"그래, 뭐냐?"

"그때 내가 싸우려고 했다면 너 같은 중놈을 밟아 죽이는 것쯤은 식은 죽 먹기였다."

"훗, 이미 늦었다."

"그, 그런데! ……자진해서 잡혀주었던 것은 고승인 척하는 네놈의 말에 감쪽같이 속았기 때문이다. 설령 목이 매달려도 이렇게 살아서 수치스런 일은 당하지 않을 것이라고 믿었기 때문이다."

"그래서?"

다쿠안은 시치미를 뗐다.

"그런데 왜! 어째서 내 목을 빨리 베지 않는 것이냐? 어차피 죽을 거라면 마을 놈들이나 적의 손에 걸리는 것보단 중이기도 하고 무사의 풍취도 분별할 것 같은 네놈이 나을 것 같아서 몸을 맡긴 것이 내 잘못이었다."

"잘못이 그것뿐이었겠느냐? 네가 저지른 짓들이 죄다 잘못된 짓들이라고는 생각하지 않느냐? 거기 매달려 있으면서 네가 해온 짓들을 한번 생각해봐라."

"시끄럽다. 난 하늘에 두고 부끄러울 것이 없다. 마타하치의 어머니가 날 원수니 뭐니 매도했지만, 난 마타하치의 소식을 그의 어머니에게 알려주는 것이 내 책임이자 친구에 대한 신의라고 생각해서 검문소를 때려 부수고 마을로 돌아온 것이다. 그게 무사의 도리에 어긋난다는 말이냐?"

"그런 사소한 문제를 말하는 것이 아니다. 도대체가 네 근본적인 사고방식이 틀려먹었다는 말이다. 그러니 아무리 무사 흉내를 내도 쓸데없는 짓이 될 뿐만 아니라, 오히려 정의라고 믿는 것에 힘을 쓰면 쓸수록 몸을 망치고 사람들에게 피해를 주게 되어 자승자박의 꼴이 되는 게다. ……어떠냐 다케조, 경치는 마음에 드느냐?"

"이 땡추야, 기억해두마."

"말라비틀어진 생선포가 될 때까지 거기서 천지사방의 광대함을 보고 있어라. 높은 곳에서 인간 세상을 바라보며 생각을 고쳐먹으란 말이다. 혹여 저세상에 가서 조상님들을 뵙게 되거든 죽을 때 다쿠안이라는 자가 이렇게 말했다고 고해보거라. 조상님들은 좋은 인도를 받고 왔다고 틀림없이 기뻐하실 게다."

그때까지 돌기둥처럼 뒤에서 꼼짝 않고 서 있던 오쓰가 갑자기 달려와서는 날카로운 목소리로 소리쳤다.

"너무하세요! 다쿠안 스님! 아까부터 듣고 있었는데 아무리 그래도 저항도 못하는 사람한테 너무 가혹해요. ……당신은 스님이시잖아요. 그리고 다케조 님 말대로 다케조 님은 당신을 믿고 싸우지도 않고 순순히 오라를 받았잖아요."

"이거야말로 집안싸움이로군."

"무자비하세요. ……저는 스님이 지금처럼 말씀하시면 스님이 싫어질 것만 같아요. 죽이려거든 다케조 님도 각오하고 있던 바 차라리 깨끗하게 죽여줄 수 없나요?"

오쓰는 낯빛이 달라져서 다쿠안을 몰아세웠다.

7

쉽게 격해진 그녀는 새파랗게 질린 얼굴로 다쿠안의 가슴에 매달려 눈물까지 흘렸다.

"시끄럽다."

다쿠안은 전에 없이 무서운 얼굴로 나무랐다.

"아녀자가 뭘 안다고 나서느냐? 잠자코 있어."

"아니에요! 아니에요!"

고개를 세차게 가로젓는 오쓰도 평소의 그녀가 아니었다.

"이 일에 대해서는 저에게도 말할 권리가 있어요. 저도 이타도리의 목장에 가서 사흘 낮, 사흘 밤을 애썼으니까요."

"어쨌든 안 된다. 다케조는 무슨 일이 있어도 이 다쿠안이 처리할 것이다."

"그러니까 죽일 사람이라면 빨리 죽이는 게 낫다는 거잖아요. 반쯤 죽여서 남들 눈에 비참한 꼴을 보이게 해놓고 즐기는 부도덕한 짓은 하지 않아도……."

"그게 내 병이란다."

"예? 너무 매정하세요."

"물러나 있거라."

"싫어요."

"계집애가 또 고집을 부리는군!"

다쿠안이 힘껏 뿌리치자 오쓰는 삼나무 밑동까지 비틀거리며 가서는 그대로 나무줄기를 부여잡고 울기 시작했다.

다쿠안마저 이렇게 잔혹한 사람일 줄은 생각도 하지 못했다. 마을 사람들의 이목 때문에 일단은 나무에 묶어놓았어도 결국엔 어떤 자비로운 조치를 취할 것이라고 생각했는데, 실제로는 이런 잔인한 짓을 즐기는 것이 자기의 병이라고 하지 않는가. 오쓰는 인간이라는 존재에 전율하지 않을 수 없었다.

그토록 믿어왔던 다쿠안마저 싫어지는 것은 세상의 모든 사람들이 싫어지는 것과 같다. 세상 사람들을 모두 믿을 수 없다면…… 그녀는 상실의 밑바닥에 쓰러져 슬피 울었다.

그런데…….

그녀는 울며 얼굴을 대고 있던 나무줄기에서 문득 이상한 정열을 느꼈다. 이 천 년 묵은 삼나무 위에 매달려 있는 사람, 하늘에서 늠름한 목소리를 던지는 사람, 그 다케조의 피가 열 아름이 넘는 굵은 나무줄기를 통해 느껴지는 것 같았다.

무사의 아들답다! 깨끗하다! 그리고 무엇보다도 신의가 강한 사람. 다쿠안 스님에게 묶이던 때의 모습이며 아까부터 들은 말에 따르면 이 사람은 눈물도 있고, 심성도 여리고, 인간미도 갖춘 사람이었다.

지금까지는 사람들의 말만 듣고 자기도 다케조라는 사람을 잘못 알고 있었다. 그런데 이 사람을 악귀처럼 미워할 데가 어디에 있단 말인가. 어디에 과연 맹수처럼 두려워하거나 사냥감 몰아대듯 몰아대야 하는 성질이 있단 말인가.

"……."

오열로 온몸을 부르르 떨면서 오쓰는 삼나무줄기를 꼭 안아주고 싶은 심정이었다. 그녀는 뺨에 흐르는 눈물을 나무껍질에 갖다 댔다.

그때 괴물이 포효하듯 천둥소리가 울렸다.

뚝! 뚝!

커다란 빗방울이 그녀의 옷깃에도, 다쿠안의 머리에도 떨어지기 시작했다.

"어이쿠, 비가 오는군."

다쿠안은 손으로 머리를 가리면서 말했다.

"얘, 오쓰야."

"……."

"이 울보 아가씨야. 네가 우니까 하늘까지 울며 소란을 떨지 않느냐. 바람이 심상치 않은 게 아무래도 큰비가 내릴 모양이다. 비에 젖기 전에 어서 안으로 들어가자. 어차피 죽을 놈은 신경 쓰지 말고 어서 따라오너라."

다쿠안은 법의를 머리부터 푹 뒤집어쓰고 법당 안으로 도망치듯 뛰어 들어갔다.

갑자기 억수같이 퍼붓는 비에 어둠의 밑자락이 하얗게 보인다.

등을 세차게 때리는 비를 고스란히 맞으며 오쓰는 꼼짝도 하지 않았다. 우듬지 위의 다케조는 말할 필요도 없었다.

8

오쓰는 도저히 삼나무 곁을 떠날 수가 없었다.

빗줄기가 등을 타고 속옷까지 적시기 시작했지만 다케조에 비하면 아무것도 아니라고 생각했다. 그런데 왜 그녀는 다케조의 고통을 자신도 함께 지려고 하는 것일까? 그러나 그 이유를 생각하고 있을 여유는 없었다.

그녀는 그저 갑작스럽게 다케조에게서 훌륭한 남성상을 발견했을 뿐이다. 이런 사람이야말로 진짜 사나이라는 생각과 함께 그가 죽지 않기를 바라는 마음이 진지하게 고개를 들기 시작하는 것이었다.

"너무 불쌍해!"

그녀는 나무 주위를 맴돌며 어쩔 줄을 몰랐다. 나무 위를 올려다보아도 그의 모습조차 보이지 않을 정도로 비바람이 거세게 몰아치고 있었다.

"다케조 님!"

무심코 소리쳐 불러보았지만 대답은 없었다. 저 사람도 나를 혼이덴 가 사람이나 마을 사람들과 마찬가지로 냉혹한 인간으로 보고 있는 게 틀림없어.

'이런 비를 밤새 맞았다간 죽어버릴 거야. ……아아, 이토록 사람이 많은 세상인데, 다케조 님을 구해줄 사람이 한 명도 없단 말인가.'

오쓰는 갑자기 빗속을 쏜살같이 달리기 시작했다. 바람은 그녀를 뒤따라오듯이 불어댔다.

절 안은 부엌도, 방장도 모두 닫혀 있었다. 빗물받이에서 흘러넘치는 물이 폭포처럼 땅을 파헤치고 있었다.

"다쿠안 스님, 스님."

그곳은 다쿠안이 기거하고 있는 방이었다. 오쓰가 밖에서 거칠게 문을 두드리자 다쿠안이 안에서 물었다.

"누구요?"

"저예요, 오쓰예요."

"아이고, 아직도 밖에 있었느냐?"

다쿠안은 문을 열고 물안개가 자욱한 처마 아래를 내다보며 말했다.

"지독히도 퍼붓는구나. 비가 들이치니 어서 안으로 들어오너라."

"아니요, 부탁이 있어서 왔어요. 다쿠안 스님, 제발 저 사람을 나무에서 내려오게 해주세요."

"누구 말이냐?"

"다케조 님이요."

"어림도 없다."

"은혜는 잊지 않겠어요."

오쓰는 빗속에서 무릎을 꿇고 다쿠안을 향해 손을 모았다.

"보시는 대로예요. 저는 어떻게 되든 상관없으니까…… 저 사람을, 저 사람을."

빗소리가 오쓰의 울먹이는 목소리를 두들겨댔지만 오쓰는 폭포 아래 용소龍沼에 앉아 있는 행자승처럼 합장한 손에 더욱 힘을 주며 말을 이었다.

"다쿠안 스님, 제발 들어주세요. 제가 할 수 있는 일이라면 무슨 일이든 할 테니까, 저분을 제발 살려주세요."

빗물은 울부짖는 그녀의 입속까지 흘러들어왔다.

다쿠안은 바위처럼 말없이 앉아 있었다. 본존불을 모셔놓은 감실의 문처럼 눈을 굳게 감고 있었다. 그러다 이윽고 긴 한숨을 내쉬고 눈을 번쩍 뜬 다쿠안은 조용히 말했다.

"어서 자거라. 연약한 몸으로 비를 맞으면 몸에 해롭다는 것을 모르느냐?"

"스님……."

오쓰가 문에 매달리며 애원했다.

"난 자야겠으니, 너도 어서 자거라."

덧문이 굳게 닫혔다.

하지만 오쓰는 단념하지 않았다. 뜻을 굽히지도 않았다.

마루 밑으로 들어가서 다쿠안이 누워 있는 자리로 짐작되는 곳에 대고 또 애원했다.

"부탁이에요. 제 평생의 소원입니다! ……스님, 안 들리세요? 예? 다쿠안 스님은 사람도 아니에요…… 귀신이야…… 스님에겐 피도 눈물도 없나요?"

인내심을 발휘하며 입을 다물고 있었지만 아무래도 잠이 들 것 같지 않자 다쿠안은 결국 발작을 일으키듯 벌떡 일어나서 버럭 소리를 질렀다.

"어이, 게 아무도 없느냐. 내 방 마루 밑에 도둑놈이 숨어들었으니 당장 와서 잡아가거라!"

수석문답

1

어젯밤에 내린 비와 바람으로 봄은 깨끗이 씻겨 내려갔다. 이마에 내리쬐는 햇볕도 오늘 아침엔 무서우리만치 강하다.

"다쿠안 스님, 다케조가 아직도 살아 있나요?"

오스기 할멈은 날이 밝자 학수고대하며 기다리던 구경거리라도 보러 온 듯 절 안을 두리번거리며 그렇게 물었다.

"아…… 할멈이오?"

다쿠안은 마루로 나오며 말했다.

"어젯밤엔 참 지독히도 퍼붓더군요."

"기분 좋게 쏟아졌지요."

"하지만 아무리 장대같이 퍼부어도 하루 이틀 비로 사람이 죽지는 않소이다."

"저래도 살아 있다는 말이오?"

오스기는 주름진 얼굴의 바늘 같은 눈을 눈부신 듯 깜박이고는 천 년 묵은 삼나무를 올려다보며 말했다.

"걸레처럼 매달린 채 꼼짝도 하지 않는데요?"

"까마귀들이 녀석의 얼굴에 모여들지 않는 것을 보면 다케조는 아직 살아 있는 게 틀림없어요."

"그렇군."

오스기는 고개를 끄덕이면서 안을 들여다보았다.

"며늘아기가 보이지 않는데 불러주시겠수?"

"며늘아기라니요?"

"우리 집 오쓰 말이우."

"오쓰는 아직 혼이덴 가의 며느리가 아닐 텐데……."

"조만간 며느리로 삼을 겁니다."

"아들도 없는 집에 며느리를 맞아들여서 누구랑 살게 하려고요?"

"떠돌이 중 주제에 쓸데없는 걱정을 하시는구려. 오쓰는 어디에 있소?"

"아마도 자고 있겠지요."

"아아, 그렇겠군……."

그제야 수긍이 가는지 혼자 중얼거렸다.

"밤에 다케조를 감시하라고 내가 일러놓았으니 낮에 자는 게 당연하겠지……. 다쿠안 스님, 낮에는 스님이 감시해야지요?"

오스기는 천 년 묵은 삼나무 아래로 가서 잠시 올려다보고는 뽕나무 지팡이를 짚고 휘적휘적 마을로 내려갔다.

다쿠안은 다시 방으로 들어가 밤이 되도록 얼굴을 보이지 않았다. 동네 아이들이 올라와서 다케조가 매달려 있는 삼나무 우듬지를 향해 돌을 던졌을 때 장지문을 열고 딱 한 번 큰 소리로 야단을 쳤을 뿐 그 문은 종일 닫혀 있었다.

같은 건물의 몇 칸 떨어진 곳에 오쓰의 방이 있었는데 그 방의 문도 오늘은 하루 종일 닫혀 있었다. 낫쇼가 약을 달여서 가지고 들어가거나 죽 그릇을 들고 들락거릴 뿐이었다.

오쓰는 어젯밤 폭우 속에서 절 사람들에게 발각되어 억지로 안으로 끌려 들어갔고, 주지로부터는 호되게 꾸지람도 들었다. 그래서인지 감기 기운에 열이 나더니 오늘은 잠에서 깬 뒤로도 머리가 개운치 않은 것이었다.

오늘 밤은 어젯밤 하늘과는 달리 달이 밝았다. 절 사람들이 모두 잠에 빠졌을 무렵, 다쿠안은 독서에도 지쳤는지 신발을 신고 밖으로 나왔다.

"다케조."

그 소리에 삼나무 우듬지가 높은 곳에서 조금 흔들렸다.

이슬방울이 후드득 떨어진다.

"가엾게도 대답할 기운조차 잃은 게냐? 다케조, 다케조!"

그러자 놀랍게도 무시무시한 목소리가 들려왔다.

"뭐냐? 이 땡추야!"

전혀 쇠약해지지 않은 다케조의 고함 소리였다.

"허어……."

다쿠안은 다시 위를 올려다보았다.

"목소리는 여전하구나. 그 정도면 아직 대엿새는 더 견디겠군. 그런데…… 배는 안 고프냐?"

"잡소리는 집어치우고 어서 내 목을 베어라."

"아니지, 아니야. 경솔하게 목을 벨 수는 없지. 너같이 앞뒤 생각 없는 놈은 머리만 남아서도 덤벼들까 봐 겁이 나거든. ……나는 달이나 구경해야겠다."

다쿠안은 옆에 있는 바위에 걸터앉았다.

2

"좋다, 내가 어떻게 하는지 잘 보고 있거라."

다케조는 혼신의 힘을 다해 자기를 매달아놓은 고목의 우듬지를 흔들어댔다.

삼나무 껍질이며 잎이 다쿠안의 머리로 후드득 떨어졌다. 다쿠안은 목 언저리를 털어내면서 위에 대고 말했다.

"그렇지, 그래. 그 정도 화를 내봐야 진정한 생명력과 인간미가 생기는 법이다. 요즘 사람들은 화내지 않는 것을 두고 지식인이니 뭐니 하고, 인격의 깊이가 보인다느니 어쩌니 하는데 젊은 사람들이 그렇게 세상에 도가 튼 노인네 흉내나 내는 것은 언어도단이다. 젊은이는 어쨌든 화를 내야 해. 좀 더 화를 내거라, 더 화를 내봐."

"그래, 좋다! 지금 당장 이 밧줄을 끊고 내려가서 네놈을 밟아 죽일 테니 기다리고 있어라!"

"제발 부탁이니 그리 해보거라. 그때까지 예서 기다려주지. 하지만 밧줄이 끊어지기 전에 네 목숨이 먼저 끊어지지 않겠느냐?"

"뭐라고?"

"어허, 나무가 다 흔들리는 것을 보니 힘은 정말 엄청나구나. 하지만 대지는 꿈쩍도 하지 않는다. 이는 필시 너의 분노가 사사로운 것이었기에 약하다는 의미일 터. 사나이의 분노는 공분公憤이어야 한다. 자기만의 사사로운 감정에 화를 내는 것은 여자의 분노라는 말이다."

"무슨 말이든 실컷 지껄여둬라. 그러는 것도 얼마 안 남았다."

"어리석은 놈. 다케조, 이제 그만둬라. 너만 지칠 뿐이다. 아무리 발버둥 쳐봐야 천지는커녕 이 고목의 가지 하나도 부러지지 않을 테니 말이다."

"으음…… 분하다."

"그 힘을 나라를 위해 쓰라고까지는 하지 않겠다. 적어도 남을 위해 써봐라. 천지는 물론 귀신도 움직일 수 있을 게다. 하물며 사람이야……."

다쿠안은 이때부터 차츰 설교조가 되었다.

"애석하구나, 애석해. 넌 기껏 인간으로 태어나서 멧돼지나 이리와 마찬가지로 야성에서 한 발짝도 인간다움에 이르지 못한 채 홍안의 나이로 여기서 죽음을 맞으려 하는구나."

"시끄럽다!"

다케조는 침을 뱉었지만, 그 침은 높은 우듬지에서 땅으로 떨어지기 전에 다 흩어져버렸다.

"들거라, 다케조! 넌 네 자신의 완력에 우쭐해하고 있을 것이다. 세상에 너만큼 강한 사람은 없다고 자부하고 있겠지만, 그게 어쨌다는 거냐. 지금의 네 꼴이 뭐냔 말이다!"

"난 부끄럽지 않다. 힘으로 너한테 진 것이 아니야."

"계책에 졌든 입에 발린 말에 넘어갔든, 요는 졌다는 거다. 그 증거로 좀 애석하긴 하지만 나는 승자가 되어 이렇게 바위 위에 앉아 있고, 넌 패자의 비참한 모습으로 나무 위에서 비바람을 맞고 있지 않느냐. ……이것이 도대체 어떤 차이인지 알겠느냐?"

"……."

"힘으로는 네가 물론 나보다 훨씬 강하다. 호랑이와 인간의 씨름 같은 것이겠지. 하지만 호랑이는 역시 인간보다 못한 존재일 수밖에 없다."

"……."

"가령 너의 용기도 그렇다. 오늘까지의 네 행위는 무지에서 비롯된, 생명이 무엇인지 모르는 만용일 뿐 인간의 용기가 아니란 말이다. 무사의 강함이란 그런 것이 아니야. 무서운 것의 무서움을 제대로 알고 있는 것이 인간의 용기이고, 보석과 같이 생명을 소중하게 아낄 줄 알고, 진정 목숨을 걸고 해야 할 일이 무엇인지 아는 것이 진짜 인간이다. ……내가 애석하다고 말한 이유는 바로 여기에 있다. 너에겐 타고난 완력과 강기剛氣는 있지만 배움이 없다. 무도의 나쁜 점만을 배우고, 지혜와 덕을 단련하려고 하지 않았어. 문무이도文武二道라 하는데, 여기서 이도를 두 갈래 길이라고 읽어서는 안 된다. 두 가지를 겸비하여 하나로 만들라는 뜻이다. 알겠느냐, 다케조?"

3

바위도 말이 없고, 나무도 말이 없다. 어둠은 고요함 그대로의 어둠이었다. 그리고 잠시 침묵이 이어지고 있었다.

이윽고 다쿠안이 천천히 바위에서 일어났다.

"다케조, 하룻밤 더 생각해볼 시간을 주마. 그다음에 네 목을 베겠다."

뒤돌아선 다쿠안은 걸음을 옮기기 시작했다. 열 걸음, 아니 스무 걸음쯤 그가 본당 쪽으로 걸어갔을 때였다.

"아, 잠깐만!"

공중에서 다케조가 소리쳤다.

"왜 그러느냐?"

멀리서 다쿠안이 뒤돌아보며 대답했다.

"한 번만 더 나무 아래로 와주시오."

"흠…… 이렇게 말이냐?"

그러자 나무 위의 그림자가 돌연 큰 소리로 외쳤다.

"다쿠안 스님, 살려주십시오."

갑자기 울음이 터졌는지 삼나무 우듬지가 떨리고 있었다.

"난 지금 이 순간부터 다시 태어나고 싶어졌습니다. ……인간으로 태어난 것은 큰 사명을 띠고 이 세상에 온 것이라는 사실을 알았습니다. ……그, 그러나 그 사실을 알았을 때 나는 이미 이 나무 위에 매달려 있는 신세였습니다. ……아아! 돌이킬 수 없는 짓을 저질렀습니다."

"이제야 깨달았구나. 이로써 너의 생명은 처음으로 인간다워졌다고 할 수 있다."

"아아, 죽고 싶지 않습니다. 다시 한 번 살아보고 싶습니다. 살아서 처음부터 다시 시작하고 싶습니다. ……다쿠안 스님, 제발, 살려주십시오."

"안 된다!"

다쿠안은 단호하게 말하고 고개를 가로저었다.

"무슨 일이건 되돌릴 수 없는 것이 인생이다. 세상사란 모두 진검승부야. 상대에게 베인 목을 다시 붙이고 일어나려는 것과 같아. 유감스럽지만 난 그 밧줄을 풀어줄 수 없다. 적어도 죽으면서 흉측한 모습을 보이지 않도록 염불이라도 외며 조용히 생사의 갈림길을 음미하는 것이 나을 게다."

터벅터벅터벅…… 발소리는 그대로 멀어졌다. 다케조도 더 이상 아우성치지 않았다. 그의 말대로 대오각성한 눈을 감고, 이제 살겠다는 마음도, 죽겠다는 마음도 모두 버리고, 차가운 밤바람과 총총히 빛나는 별빛 아래에서 뼛속까지 싸늘하게 식어버린 듯했다.

……그때였다.

누군가 나무 아래에 서서 우듬지를 올려다보고 있었다. 이윽고 그 그림자는 천 년 묵은 삼나무를 끌어안고 온 힘을 다해 맨 밑의 나뭇가지까지 기어오르려고 했지만, 나무 타는 법을 모르는 듯 조금 올라오는가 싶더니 나무껍질과 함께 미끄러져 떨어졌다.

그래도, 나무껍질에 손바닥 살갗이 쓸려서 까져도, 지치거나 포기하지 않고 온 힘을 다해 똑같은 동작을 되풀이하다가 겨우 맨 밑의 가지에 손이 닿았고, 다음 가지로 손을 뻗은 뒤로는 어렵지 않게 높은 곳까지 올라왔다.

그림자는 숨을 헐떡이면서 말했다.

"다케조 님……, 다케조 님……."

다케조는 눈만 아직 살아 있는 해골 같은 얼굴을 돌렸다.

"……어?"

"저예요."

"……오쓰?"

"도망쳐요. ……당신은 아까 목숨이 아깝다고 했죠?"

"도망치라고?"

"예……. 저도 이젠 이 마을에선 살 수 없어요. ……여기 있다간…… 아아, 견딜 수 없을 거예요. ……다케조 님, 저는 당신을 구해드릴 거예요. 제 도움을 받아주시겠어요?"

"물론이지, 어서 끊어줘. 이 밧줄을 어서!"

"기다리세요."

오쓰는 작은 괴나리봇짐을 멜빵으로 등에 지고, 머리에서 발끝까지 완전히 여행을 떠날 채비를 하고 있었다.

단도를 꺼내 다케조를 묶고 있는 밧줄을 싹둑 끊었다. 다케조는 손과 발에 모두 아무 감각이 없었다. 오쓰가 부축해주었지만 그 바람에 그녀도 함께 발을 헛디뎌서 두 사람은 땅으로 기세 좋게 떨어졌다.

4

다케조는 망연히 서 있었다. 20척이나 되는 나무 위에서 떨어졌는데도 아무렇지 않은 듯 서 있는 것이었다.

으으…… 하고 신음하는 소리가 그의 발밑에서 들렸다. 무심코 내려다보니 같이 떨어진 오쓰가 땅바닥에 누워서 발버둥 치며 괴로워하고 있었다.

"으으."

다케조가 그녀를 안아 일으켰다.

"오쓰, 오쓰!"

"아야…… 아야야."

"어디 다쳤어?"

"어디를 다쳤는지 모르겠어요. ……하지만 걸을 수 있어요. 괜찮아요."

"떨어지면서 가지에 몇 번이나 부딪쳤으니까 크게 다치지는 않았을 거야."

"저보다 당신은……?"

"난……."

다케조는 잠시 생각하고 나서 말을 이었다.

"난 살아 있어!"

"물론 살아 있고말고요."

"그것밖에는 모르겠어."

"도망쳐요! 한시라도 빨리. ……만약 사람들한테 들키면 저도 당신도 이번에야말로 죽은 목숨이에요."

오쓰는 다리를 절룩거리면서 걷기 시작했다. 다케조도 따라서 걸었다. 묵묵히, 천천히, 가을 서리 위를 다친 벌레가 기어가듯이.

"보세요, 하리마 여울 쪽이 뿌옇게 밝아오고 있어요."

"여기가 어디지?"

"나카 산 고개. ……곧 정상이에요."

"그렇게 많이 걸어왔나?"

"두려움으로 가득 차 있었으니까요. 그래요, 당신은 꼬박 이틀 밤낮으로 아무것도 먹지 못했어요."

그 말에 다케조는 비로소 기갈을 느꼈다.

오쓰는 등에 지고 있는 봇짐을 풀어서 쌀가루로 빚은 떡을 꺼냈다. 달짝지근한 팥고물이 혀에서 목구멍으로 넘어가자 다케조는 살아 있다는 기쁨에 떡을 들고 있는 손을 떨면서 생각했다.

'난 살아 있어.'

그리고 동시에 굳게 믿었다.

'앞으로 다시 태어나는 거야!'

해를 품은 아침 구름이 두 사람의 얼굴을 붉게 물들였다. 오쓰의 얼굴이 또렷이 보이게 되자 다케조는 이곳에 그녀와 단둘이 있는 것이 꿈만 같았고, 너무나 이상해서 견딜 수가 없었다.

"자, 날이 밝았으니 방심해선 안 돼요. 그리고 금방 지방 경계에 도착하니까……."

지방 경계라는 말을 듣자 다케조의 눈이 갑자기 번뜩였다.

"그렇지. 난 지금부터 히나구라의 검문소로 가야 돼."

"예? 히나구라라면……."

"거기 감옥에 누님이 붙잡혀 있어. 누님을 구하러 가야 하니 오쓰와는 여기서 이만 헤어져야겠어."

"……."

오쓰는 원망스러운 듯 다케조의 얼굴을 말없이 보고 있다가 불쑥 말을 꺼냈다.

"당신은 처음부터 그럴 생각이었나요? 여기서 헤어질 거였다면 저는 미야모토 마을에서 나오지도 않았을 거예요."

"하지만 어쩔 수가 없어."

"다케조 님."

오쓰는 따지는 듯한 눈빛으로 그의 손끝을 잡았지만 얼굴도 몸도 뜨거워져서 그저 정열에 떨 뿐이었다.

"제 마음을 조만간 차분히 말씀드릴게요. 하지만 저는 여기서 헤어질 마음이 없어요. 어디가 됐든 데리고 가 주세요."

"……하지만."

"제발 부탁드려요."

오쓰는 땅바닥에 손을 짚고 말을 이었다.

"당신이 싫다고 해도 저는 헤어질 수 없어요. 만약 오긴 님을 구하는 데 제가 방해가 된다면 저는 히메지의 성시에 먼저 가 있을게요."

"그럼……."

다케조는 벌써 일어나 있었다.

"꼭 오셔야 해요."

"그러지."

"성시의 하나다花田 다리에서 기다리고 있을게요. 올 때까지 백 날이든 천 날이든 기다리고 있을 테니까……."

다케조는 고개를 끄덕여 보이고 고갯길을 따라 산등성이를 달려갔다.

미카즈키 찻집

1

"할머니, 할머니!"

손자 헤이타였다.

누런 콧물을 닦으며 맨발로 밖에서 허겁지겁 뛰어 들어왔다.

"큰일 났어요, 할머니. 뭐 하고 계세요?"

부엌을 들여다보며 고함을 지른다.

아궁이 앞에 앉아 부채질을 하며 불을 지피던 오스기는 대수롭지 않게 대꾸했다.

"무슨 일인데 그렇게 호들갑이냐?"

"마을 사람들은 저렇게 난리가 났는데 할머닌 밥이나 짓고 있는 거예요? 다케조 놈이 도망쳤어요. 모르셨죠?"

"뭐? 도망쳤다고?"

"오늘 아침에 나가 보니 다케조 놈이 삼나무 위에서 보이지 않더래요."

"정말이냐?"

"절에서도 오쓰 누나가 보이지 않는다고 야단이에요."

헤이타는 자신의 말이 예상보다 더 할머니의 낯빛을 무섭게 바꿔놓자 깜짝 놀란 듯 손가락만 깨물고 있었다.

"헤이타야."

"예."

"넌 얼른 뛰어가서 네 애비를 불러오너라. 가와하라河原의 곤權 숙부한테도 얼른 오시라고 하고."

오스기의 목소리는 떨리고 있었다.

하지만 헤이타가 대문을 나서기도 전에 혼이덴 가 앞에는 벌써부터 사람들이 모여서 왁자지껄 떠들고 있었다. 그중에는 분가해서 살고 있는 오스기의 사위는 물론 가와하라의 곤 숙부도 있었고, 또 먼 일가붙이며 소작인들도 있었다.

"오쓰 년이 놓아주었다더군."

"다쿠안 스님도 보이지 않아."

"둘의 소행이야."

"어떻게 하지?"

사위와 곤 숙부 등은 조상 대대로 물려 내려온 창을 들고 이미 본가 앞에 비장한 표정으로 모여 있었다.

그리고 안에 대고 묻는다.

"소식 들으셨습니까?"

오스기는 정말로 이 일이 사실이라는 것을 알자 끓어오르는 분노를 억누르며 불단 앞에 앉아 있다가 밖에 대고 말했다.

"곧 나갈 테니 조용히들 하고 있게."

그리고 뭐라고 묵도를 하고 나서 천천히 칼을 넣어둔 장롱을 열고는 옷과 신발을 갖춘 뒤 사람들 앞으로 나왔다.

단도를 허리띠에 꽂고 짚신을 단단히 동여맨 것을 보고 사람들은 이 고집쟁이 노파가 무슨 생각을 하고 있는지 충분히 짐작할 수 있었다.

"소란 떨 것 없네. 내가 쫓아가서 이 괘씸한 년을 요절내고 올 테니까."

그러고는 태연히 걸어 나가자 친척들과 소작인들도 저마다 흥분하여 이 비장한 노파를 대장으로 삼아 몽둥이와 죽창 따위를 주워 들고 나카 산으로 쫓아갔다.

그러나 이미 때는 늦었다.

그들은 정오가 다 되어서야 고갯마루에 다다랐다.

"놓친 건가."

그들은 발을 동동 구르며 원통해했다.

뿐만 아니라 여기는 지방 경계라 관리가 와서 그들의 출입을 막는 것이었다.

"무리를 지어서 통행하는 것은 허락할 수 없소."

그러자 곤 숙부가 나서서 사정을 이야기하고 버텼다.

"그 연놈들을 놔준다면 우리는 조상을 대할 면목이 없고, 마을 사람들의 웃음거리가 될 거요. 또 혼이덴 가는 영주님 밑에서도 도저히 살아갈 수 없게 됩니다. 부디 다케조와 오쓰, 다쿠안, 이 셋을 잡을 수 있는 데까지 통행할 수 있도록 허락해주십시오."

그러나 관리는 사정은 딱하지만 법령이 허락하지 않는다고 딱 잘라서 말했다. 히메지 성의 허가를 받아오면 되겠지만, 그러면 먼저 지나간 자들과 더 멀어질 테니 쓸데없는 짓일 뿐이다.

"그럼."

오스기는 친척들과 상의한 후에 관리에게 사정하듯 말했다.

"이 할멈과 곤 숙부 둘이면 드나드는 데 문제가 없겠지요?"

"다섯 명까지는 괜찮소."

관리가 말했다.

오스기는 고개를 끄덕이고 기세등등하게 사람들을 돌아보며 비장한 작별을 고하듯이 말했다.

"모두들 듣게."

2

"집을 나설 때부터 이런 예상치 못한 일이 있으리란 건 이미 각오했던 바네. 당황할 필요가 전혀 없어."

이렇게 말하는 오스기의 얇은 입술과 잇몸이 드러난 큰 앞니를 일족들은 엄숙하게 늘어서서 바라보고 있었다.

"이 늙은이는 조상님께 물려받은 단도를 허리춤에 차고 집을 나서기 전에 조상님의 위패에 작별을 고하고 두 가지 맹세를 하고 왔네. 하나는 가문의 명예를 더럽힌 괘씸한 며느리를 요절내는 것이고, 또 하나는 내 아들 마타하치의 생사를 확인하고, 살아 있다면 목에 밧줄을 매서라도 끌고 와서 혼이덴 가의 대를 보전하고 다른 데서 오쓰보다 몇 곱절은 더 훌륭하고 참한 며느리를 맞아 마을 사람들에게도 떳떳하게 오늘의 불명예를 씻겠다는 것이네."

"……그렇긴 하나."

사람들 중에서 누군가가 신음하듯 내뱉었다.

오스기는 사위를 힐끗 보고 말을 이었다.

"나하고 가와하라의 곤 숙부는 아무래도 나이가 많아서 이 두 가지 대망을 이루려면 1년이 걸릴지 3년이 걸릴지 모르네. 또 어쩔 수 없이 타지를 돌아다녀야 할 것 같으니 내가 없는 동안은 우리 사위를 가장으로 여기고 누에치기를 게을리 하지 말고, 논이나 밭도 부지런히 김을 매서 잡초가 자라지 못하게 하게. 다들 알겠지?"

가와하라의 곤 숙부도 쉰을 바라보고 있고, 오스기도 쉰을 넘었다. 만일 다케조라도 만나게 되면 잠시도 버티지 못하고 되레 당할지도 모른다. 누구든 세 명 정도는 젊은 사람이 따라가는 것이 어떻겠느냐고 말하는 사람도 있었지만 오스기는 고개를 가로저으며 말했다.

"그럴 필요 없네. 다케조, 다케조 하면서 모두들 겁을 내고 있는데, 이제 겨우 수염이 나기 시작한 그깟 애송이 하나가 무에 그리 무섭겠는가? 늙은이에겐 힘이 없는 대신 지모라는 게 있네. 또 한두 놈쯤이면 이 사람도 아직……."

그러면서 자기 입술에 집게손가락을 대고 자신만만하게 말했다.

"한 번 내뱉은 이상 되돌릴 수 없는 것이 이 할멈의 말이네. 다들 어서 돌아가!"

오스기가 언성을 높이자 사람들도 더 이상 말리려고 하지 않았다.

"정 그렇다면야……."

오스기는 가와하라의 곤 숙부와 어깨를 나란히 하고 나카 산의 고개를 동쪽으로 내려갔다.

"할머니, 정신 바짝 차리셔야 돼요."

사람들은 고개 위에서 손을 흔들며 저마다 작별 인사를 했다.

"혹시 병이라도 나면 바로 마을로 기별하세요."

"몸 건강히 다녀오세요."

그 목소리가 등 뒤에서 들리지 않게 되었을 때 오스기가 말했다.

"여보게, 곤 숙부. 어차피 젊은이보다 먼저 죽을 몸이니 마음을 편히 가지시게."

"아무렴요."

곤은 고개를 끄덕였다.

가와하라의 곤 숙부는 지금이야 사냥으로 살아가는 사람이지만 젊었을 때는 전쟁터에서 자란 무사였다. 아직도 다부진 골격을 감싸고 있는 피부에는 전장의 흔적이 선명히 남아 있다. 머리카락도 노파만큼 세지 않았다. 성은 후치카와淵川, 이름은 곤로쿠權六.

말할 필요도 없이 본가의 아들인 마타하치가 조카가 되므로 곤로쿠가 이번 사건에 관심을 갖는 것은 당연했다.

"형수님."

"왜 그러시나?"

"형수님이야 이미 각오를 하고 길 떠날 채비를 하고 오셨지만 나는 그냥 왔소이다. 어디 가서 여행 채비라도 좀 해야 할 것 같은데."

"미카즈키 산三日月山을 내려가면 찻집이 있을 게요."

"아, 그렇군요. 미카즈키 찻집에 가면 짚신도 있고, 삿갓도 있겠군요."

3

이 길을 따라 내려가면 반슈의 다쓰노에서 이카루가斑鳩도 그리 멀지 않다.

하지만 늦봄의 짧지 않은 해도 어느새 뉘엿뉘엿 기울고 있었다. 미카즈키 찻집에서 한숨 돌린 오스기는 찻값을 치르고 불평을 늘어놓았다.

"다쓰노까지는 좀 무리인 것 같으니 오늘 밤은 신사 근처에 있는 마방에서 냄새 나는 이불이나 덮고 자야 할 것 같네."

"자, 가시죠."

곤로쿠는 찻집에서 구한 새 삿갓을 들고 일어서다가 뭔가 생각난 듯 오스기를 잡았다.

"형수님, 잠깐만요."

"왜 그러나?"

"뒤뜰에 가서 대나무 통에 물을 새로 담아오게요."

곤로쿠는 찻집 뒤뜰로 돌아가서 홈통에 대나무 통을 대고 물을 받았다. 그리고 돌아오다가 창문으로 무심코 어둑어둑한 방안을 들여다보고는 걸음을 멈췄다.

"병자인가?"

누군가가 짚이불을 덮고 누워 있었다. 약 냄새가 강하게 코를 찔렀다. 얼굴은 이불에 파묻혀 있어서 볼 수 없었지만 검은 머리카락이 베개에 헝클어져 있었다.

"숙부, 어서 오시게."

그때 오스기가 부르는 소리가 났다.

"예."

곤로쿠가 대답하고 뛰어가자 오스기가 투덜대듯 말한다.

"대체 뭘 하셨던 게요?"

"병자로 보이는 사람이 있어서요."

곤로쿠가 걸음을 옮기면서 변명하자 오스기가 나무란다.

"병자를 처음 보는 것도 아니고 어린애처럼 길 가다가 딴 짓 좀 하지 마시게."

"허허허……."

곤로쿠도 본가의 이 할멈에게는 함부로 대거리할 수 없는지 웃음으로 얼버무렸다.

찻집 앞에서 반슈로 가는 길은 경사가 꽤 급한 고갯길이다. 은산銀山을 오가는 짐수레가 많은 터라 비가 내린 후에 심하게 파헤쳐진 길은 그대로 굳어 있었다.

"넘어지지 않게 조심하세요, 형수님."

"무슨 소리를 하는 게요? 아직 이 정도 길에 힘들어할 만큼 늙지는 않았소."

그때 두 사람의 머리 위에서 누군가가 말했다.

"연세에 비해 꽤 정정하시군요."

올려다보니 찻집 주인이었다.

"아, 당신이었군. 아까는 잘 쉬었소. 그런데 어디 가시우?"

"다쓰노에 갑니다."

"이 시간에요?"

"다쓰노까지 가지 않으면 의원이 없어서요. 지금 가서 말을 태워 모시고 와도 한밤중일 텐데……."

"안사람이 아픈가 보구려."

"아닙니다."

주인은 얼굴을 찌푸렸다.

"마누라나 자식새끼라면 군소리 않고 가겠지만, 이건 뭐 잠깐 마루에 앉아 쉬던 길손이니, 아닌 밤중에 홍두깨지요."

"아까…… 실은 뒤뜰에 갔다가 잠깐 봤는데, 손님이었소?"

"젊은 여자입니다. 가게에서 잠시 쉬다가 오한이 난다기에 모른 척할 수도 없고 해서 방 하나를 빌려줬지요. 그런데 점점 열이 오르는 게 이러다가 큰일이 나겠다 싶더라구요."

오스기는 걸음을 멈추고 물었다.

"혹시 그 여자가 열일곱 살 정도에 몸이 호리호리한 처자 아니우?"

"맞습니다. ……미야모토 마을 사람이라고 하더군요."

"곤 숙부."

오스기는 눈짓을 하고 급히 손가락으로 허리춤을 더듬었다.

"큰일 날 뻔했군."

"왜 그러십니까?"

"염주를 상에다 놔두고 그냥 왔지 뭐유."

"그럼, 제가 가서 가져다 드리죠."

찻집 주인이 뛰어가려고 하자 곤로쿠가 제지하며 말했다.

"아니, 그럴 것 없소. 당신은 의원을 모시러 가는 길인데, 병자보다 중한 것은 없으니 먼저 가시오."

그러고는 오던 길을 성큼성큼 돌아가기 시작했다. 오스기도 찻집 주인을 쫓아 보내고 급히 뒤따라갔다.

'틀림없이 오쓰야!'

두 사람의 호흡이 거칠어지고 있었다.

4

큰비를 맞고 냉기가 뼛속까지 스며든 그날 밤부터 오쓰는 열감기를 앓기 시작했다.

나카 산의 고개에서 다케조와 헤어질 때까지는 아픈 것도 잊고 있었지만 그와 헤어져 걸음을 옮기자마자 금세 온몸이 쑤시기 시작했고, 미카즈키 찻집에서 방을 빌려 누울 때까지의 고통은 이루 말할 수 없었다.

"아저씨…… 아저씨……."

물을 마시고 싶은지 그녀의 입에서 말이 헛소리처럼 흘러나왔다.

찻집 주인은 가게 문을 닫고 의원을 데리러 나가고 없었다. 오쓰는 방금 전에 주인이 그녀의 머리맡을 내려다보면서 돌아올 때까지 참고 있으라고 했던 말을 벌써 잊어버릴 정도로 열이 심했다.

목이 말랐다. 가시나무의 가시를 볼이 미어지도록 입 안에 물고 있는 것처럼 열이 오른 혓바닥이 따가웠다.

"아저씨…… 물 좀 주세요."

오쓰는 결국 일어나서 목을 빼고 설거지대가 있는 쪽을 보았다. 그리고 물통이 있는 데까지 겨우 기어가서 대나무 국자를 손에 쥐었을 때였다.

덜컥, 어디선가 문이 열리는 소리가 들렸다. 원래 문단속 같은 건 하지 않는 산골 오두막이다. 미카즈키 고개에서 되돌아온 오스기와 곤로쿠가 느릿느릿 방 안으로 들어왔다.

"어둡군."

"잠깐만요."

그는 신발을 신은 채 화로 옆으로 가서 한 줌의 잡목에 불을 댕겨 그 빛으로 주위를 둘러보았다.

"앗…… 없습니다, 형수님."

"뭐?"

그러나 오스기는 곧 설거지대가 있는 곳의 문이 조금 열려 있는 것을 알아차리고 낮게 소리쳤다.

"밖이네."

그때 누군가 오스기의 얼굴을 향해 물이 담긴 국자를 휙 집어던졌다. 오쓰였다. 그녀는 바람을 타고 날아가는 새처럼 그 순간 옷깃을 펄럭이며 찻집 앞으로 난 고갯길을 곤두박질치듯 도망쳐 내려갔다.

"젠장맞을."

오스기는 처마 밑까지 뛰어나와서 곤로쿠에게 소리쳤다.

"곤 숙부, 뭘 하고 있는 겐가!"

"달아났습니까?"

"달아났고말고. 우리가 멍청하게 굴다 놓치고 말았구먼. 저거, 어서 어떻게 좀 해보시게!"

"저건가요?"

마치 사슴처럼 고갯길을 달려 내려가는 검은 그림자를 가리키며 곤로쿠가 말했다.

"걱정 마세요. 저년은 몸도 성치 않고 계집아이의 걸음이니 금방 쫓아가서 요절을 내리다."

그가 먼저 뛰어 내려가자 오스기도 뒤에서 쫓아가며 소리쳤다.

"요절을 내는 건 좋지만 목은 내가 베게 해주게."

그런데 앞에서 달려가던 곤로쿠가 갑자기 소리를 지르며 돌아보았다.

"아뿔싸!"

"왜 그러나?"

"이 대나무 골짜기로……."

"뛰어들었단 말인가?"

"골짜기는 얕아도 어두워서 안 되겠습니다. 찻집으로 돌아가서 횃불이라도 가지고 와야 되겠어요."

곤로쿠는 죽순대 절벽을 내려다보며 낭패한 듯 서 있었다.

"에잇 참, 뭘 꾸물거리고 있나?"

그때 갑자기 오스기가 곤로쿠의 등을 확 떠밀었다.

"앗!"

스스슥, 대나무 잎이 떨어져 있는 절벽을 미끄러져 굴러가는 소리가 이윽고 멀리 어둠 아래에서 멎었다.

"이런 못된 할망구 같으니. 이게 무슨 해괴한 짓이오? 할멈도 어서 내려오슈!"

겁쟁이 다케조

1

어제도 봤고 오늘도 보인다.

히나구라 고원의 짓코쿠十國 바위 옆에 마치 그 바위의 머리가 떨어져나간 것처럼 검은 물체가 하나 앉아 있었다.

"저게 뭐지?"

초병들은 손으로 햇빛을 가리고 보았지만 공교롭게도 햇빛이 무지개처럼 퍼져 있어서 제대로 확인할 수 없었다.

"토끼일 거야."

그들 중 한 명이 무책임하게 말했다.

"토끼보다 큰데? 사슴이야."

다른 자가 반박한다.

"아냐, 틀렸어. 사슴이나 토끼가 저런 데서 저러고 가만히 있을 리가 없지. 역시 그냥 바위야."

그 옆에 있던 자가 또다시 다른 주장을 하자 즉시 반박하는 소리가 들린다.

"바위나 나무라면 하룻밤 사이에 생길 리가 없어."

그러자 이번엔 한 수다쟁이가 끼어든다.

"바위가 하룻밤 사이에 생긴 예는 얼마든지 있다네. 그런 걸 운석이라고 하는데, 하늘에서 뚝 떨어진다고."

"뭐, 아무려면 어때."

늘 아무 걱정 없이 사는 사내가 중간에 이야기를 툭 끊는다.

"아무려면 어떻다니? 우리가 이 히나구라의 검문소에 뭣 때문에 서 있는 건가? 다지마, 인슈, 사쿠슈, 하리마, 이 네 고장의 경계에서 이렇게 엄중하게 지키고 있는 것은 그저 녹봉이나 받아먹고 햇볕이나 쬐라는 것이 아니잖나?"

"알았네, 알았어."

"만약 저게 토끼나 바위가 아니라 사람이라면 어쩔 텐가?"

"내가 잘못 말했네. 이제 그만해."

겨우 달래서 진정되는가 싶었는데 또다시 누군가가 말했다.

"맞아, 사람일지도 몰라."

"설마."

"뭔지 모르지만 시험 삼아 활을 쏴보세."

즉각 초소에서 활을 가지고 나오자 활쏘기에 자신이 있어 보이는 자가 앞으로 나서며 화살을 메기고 시위를 팽팽하게 당겼다.

문제의 표적은 초소가 있는 지점에서 깊은 골짜기를 사이에 두고 맞은편의 완만한 경사와 맑게 갠 하늘이 맞닿은 곳에 불룩하게 튀어나와 있었다.

쉬익!

화살은 직박구리처럼 골짜기를 똑바로 건너갔다.

"낮아."

뒤에서 누군가 말하자 곧장 두 번째 화살이 날아갔다.

"안 돼, 안 돼."

활을 빼앗아 들고 이번엔 다른 사람이 쏘았다. 그러나 그 화살도 골짜기 중간에서 떨어져버렸다.

"왜 이렇게 소란스럽나?"

초소에 대기하고 있던 감찰 무사가 와서 사정 이야기를 듣더니 직접 활을 잡았다.

"좋아, 내가 쏴보지."

그의 활 솜씨는 차원이 달랐다. 활에서 끼익끽 소리가 날 정도로 팽팽하게 당기는가 싶더니 금방 활시위를 풀었다.

"함부로 쏴서는 안 되겠군."

"왜 그러십니까?"

"저건 사람이다. 사람이라면 선인仙人이거나 다른 지방의 밀정이거나 골짜기로 뛰어내려 죽으려는 놈이겠지. 어쨌든 가서 잡아와라."

"거봐."

방금 전에 사람일 것이라고 주장한 자가 우쭐해하며 말했다.

"어서 가자."

"좀 기다려봐. 잡으러 가긴 하겠는데 저 봉우리까지는 어디로 건너가지?"

"골짜기를 타고 가면 안 될까?"

"가망 없어."

"어쩔 수 없지. 나카 산 쪽으로 돌아가는 수밖에."

다케조는 팔짱을 낀 채 꼼짝 않고 골짜기 건너편에 보이는 히나구라의 초소 지붕을 노려보고 있었다.

'저 지붕들 중 하나에 누님이 잡혀 있겠구나.'

하지만 그는 어제도 하루 종일 이렇게 앉아만 있었고, 오늘도 쉽게 일어설 기색이 없었다.

2

'그까짓 보초병들 쉰 명이든 백 명이든…….'

다케조는 그렇게 생각하며 이곳까지 왔다.

그는 초소가 한눈에 보이는 곳에 앉아서 유심히 지형을 살폈다. 한쪽은 깊은 골짜기이고, 왕래하는 길은 목책 문이 이중으로 되어 있었다.

게다가 이곳은 사방이 탁 트여 있는 데다 몸을 숨길 만한 나무 한 그루가 없고, 높고 낮은 데도 없이 평탄한 고원이었다.

이런 경우에는 야음을 틈 타 일을 도모하는 것이 원칙이지만, 아직도 날이 밝은 초저녁부터 초소 앞을 오가는 길은 모두 이중 목책 문에 막혀버리고, 여차하면 비상종이 울리도록 되어 있었다.

'접근할 방법이 없어!'

다케조는 속으로 중얼거렸다.

그리고 이틀 동안이나 짓코쿠 바위 아래에 앉아서 작전을 세워 보았지만 묘안은 떠오르지 않고, 그저 안 되겠다는 생각뿐이었다. 죽음도 불사하겠다는 각오가 이미 거기서 좌절된 꼴이었다.

'내가 어쩌다 이렇게 겁쟁이가 되었지?'

자신이 조금은 답답하기도 했다. 이렇게 나약한 내가 아니었잖아, 하고 스스로에게 물어본다.

다케조는 한나절이 지나도록 팔짱을 풀지 못했다. 어찌 된 영문인지 초소에 접근하는 것이 자꾸만 두려웠다.

'두렵다. 분명히 얼마 전의 내가 아니야. 그렇다면 내가 정말 겁쟁이가 된 걸까?'

아니야!

그는 고개를 세차게 가로저었다.

이런 기분은 겁쟁이라서 생긴 것이 아니다. 다쿠안 스님에게서 지혜를 받아들였기 때문이다. 캄캄했던 눈을 뜨고 희미하게 사물이 보이기 시작했기 때문이다.

인간의 용기와 동물의 용기는 그 질이 다르다. 진정한 용사의 용기와 생명의 소중함을 모르는 폭력배의 무자비함은 근본적으로 다르다는 것도 그는 내게 가르쳐주었다.

눈을 떴다. 마음의 눈이 어렴풋하게나마 세상의 두려움이 어떤 것인지를 보기 시작했기 때문에 태어날 때의 자신으로 돌아간 것이다. 태어날 때의 자신은 결코 야수가 아니라 인간이었다.

그 인간이 되겠다고 결심한 순간 자신은 무엇보다도 이 육체에 깃들어 있는 생명이라는 것을 소중하게 생각하게 되었다. 새로 태어난 이 세상에서 나라는 존재를 얼마나 단련할 수 있을까. 그것을 완성시키지도 못하고 이 생명을 어이없이 빼앗기고 싶지 않은 것이다.

"……그래!"

다케조는 진정한 자기를 발견하고 하늘을 올려다보았다.

하지만 누님을 구해야만 한다. 자신의 생명이 아무리 소중해도, 또 너무나도 두려운 지금의 심정을 무릅쓰고서라도.

'오늘 밤, 날이 어두워지면 절벽을 내려가 반대쪽 절벽으로 올라가 보자. 자연이 만들어놓은 험준한 산세를 믿고 초소 뒤편에

는 목책도 없고, 경계도 허술한 것 같으니까.'

그렇게 생각을 굳혔을 때다. 발끝에서 조금 떨어진 곳에 퍽 하고 화살 한 대가 꽂혔다.

정신을 차리고 보니 맞은편 초소 뒤편에 콩알만 하게 보이는 사람들이 몰려나와서 아무래도 자신을 발견하고 소란을 떨고 있는 것 같았다. 그리고 이내 그들은 흩어졌다.

'시험 삼아서 쏴본 화살이군.'

그는 일부러 움직이지 않고 가만히 있었다. 잠시 후 주고쿠 산맥의 산등성이 서편으로 장엄한 석양이 저물기 시작했다.

밤이 기다려졌다.

다케조는 일어서서 작은 돌멩이를 주워들었다. 그의 저녁거리가 하늘을 날고 있었던 것이다. 돌멩이를 던지자 하늘에서 작은 새가 떨어졌다.

그가 새를 날로 찢어 먹고 있을 때 20~30명의 초병들이 와 하고 소리를 지르며 그를 에워쌌다.

3

"다케조다!"

"미야모토 마을의 다케조다."

가까이 다가오고 나서야 누군지 알았다는 목소리다. 초병들은 와아 하고 두 번째 함성을 지르고 서로에게 주의를 주었다.

"얕보지 마라, 센 놈이다."

다케조는 눈을 부릅뜨고 그들의 살기에 살기로 맞섰다. 그러고는 큰 바위를 들어 올려 자신을 에워싸고 있는 사람들을 향해 냅다 던졌다.

"이거나 받아라."

바위는 피로 금방 시뻘게졌다. 다케조는 사슴처럼 그것을 뛰어넘어 달려갔다. 달아나는 줄 알았는데 반대로 초소를 향해 사자 갈기 같은 머리털을 곧추세운 채 달려간다.

"아니, 저놈이 어디로 가는 거지?"

초병들은 어안이 벙벙했다. 눈 먼 메뚜기처럼 다케조는 초소 쪽으로 곧장 달려가고 있었다.

"정신이 돈 거야."

누군가가 그렇게 소리쳤다.

초병들이 세 번째 함성을 지르며 초소 쪽으로 쫓아가고 있을 때, 다케조는 이미 정면의 목책 문을 지나 안쪽으로 뛰어들고 있었다.

그곳은 감옥이었다. 사지死地나 다름없었다. 그러나 다케조의 눈에는 삼엄하게 늘어서 있는 무기도, 목책도, 관리도 보이지 않았다.

"앗, 웬 놈이냐?"

달려드는 감찰 무사를 단 일격에 쓰러뜨린 것도 그는 의식하지 못했다. 가운데 목책 문의 기둥을 흔들어 뽑아서 마구 휘둘렀다. 머릿수 따위는 셀 겨를이 없었다. 새카맣게 몰려드는 적들을 그저 닥치는 대로 때려눕혔다. 헤아릴 수 없는 창과 칼이 부러지거나 공중으로 날아올랐다가 땅으로 떨어졌다.

"누님!"

다케조는 뒤쪽으로 돌아갔다.

"누님!"

핏발 선 눈으로 건물마다 뒤지고 다녔다.

"누님, 다케조예요!"

닫혀 있는 문은 들고 있던 단면적 다섯 치의 기둥으로 건물마다 때려 부쉈다. 초병들이 기르는 닭이 꽥꽥 소리를 지르며 지붕 위로 날아오르는 모습이 천지개벽이라도 난 듯 소란스러웠다.

"누님!"

그의 목소리는 닭소리처럼 쉬어 있었다. 오긴은 어디에도 보이지 않았다. 누나를 부르는 다케조의 목소리가 서서히 절망적으로 바뀌었다.

감옥으로 보이는 한 더러운 헛간 그늘에서 누군가가 다람쥐처럼 도망치는 것을 본 다케조는 피에 젖어 찐득거리는 기둥을 그의 발밑으로 내던지며 달려들었다.

"서라!"

다케조는 대항할 의지도 없이 무기력하게 눈물을 흘리는 그의 얼굴을 우선 한 대 후려갈겼다.

"누님은 어디에 있느냐? 누님이 갇혀 있는 곳을 대라. 말하지 않으면 때려죽일 테다."

"여, 여기엔 없습니다. 그제 영주님의 명이 내려와 히메지 쪽으로 옮겼습니다."

"뭐? 히메지로?"

"예…… 예……."

"정말이냐?"

"정말입니다."

다케조는 또다시 쫓아오는 적을 향해 그 사내를 집어던지고 헛간 그늘로 재빨리 몸을 피했다.

그 주변으로 화살이 대여섯 대 날아와 꽂혔다. 다케조의 옷자락에도 한 대 꽂혔다.

다케조는 엄지손톱을 씹으며 가만히 화살이 날아오는 것을 보고 있다가 벼락같이 목책 쪽으로 뛰어가서 나는 새처럼 훌쩍 뛰어넘어 밖으로 달아났다.

탕!

다케조를 향해 쏜 화승총 소리가 골짜기 아래에서 메아리로 울려 퍼졌다.

다케조가 도망치기 시작했던 것이다! 다케조는 그때 산 꼭대기에서 굴러 떨어지는 바위처럼 도망치고 있었다.

'무서운 것의 무서움을 알라.'

'폭력은 철없는 장난, 무지, 짐승의 힘이다.'

'무사의 진정한 강함을 알아야 한다.'

'생명은 소중한 것이다.'

다쿠안의 말 한마디 한마디가 질풍처럼 내달리는 다케조의 머릿속을 같은 속도로 뛰어다니고 있었다.

광명이 비치는 방

1

히메지 성시의 외곽이다.

하나다 다리 아래에서, 또 어떤 날은 위에서 그는 오쓰가 오기를 기다리고 있었다.

'어떻게 된 거지?'

오쓰는 나타나지 않았다. 약속하고 헤어진 지 벌써 이레째다. 여기서 백 날이든 천 날이든 기다리고 있겠다고 한 오쓰가 아니던가.

다케조는 적어도 약속을 한 이상 그것을 저버리고 갈 마음은 전혀 없었다. 그는 기다리고 또 기다렸다.

아울러 그에게는 이 히메지로 이송되었다는 누나가 어디에 유폐되어 있는지 찾아보려는 목적도 있었다. 하나다 다리 부근에서 그의 모습이 보이지 않을 때는 거적을 뒤집어쓰고 성시 여기저기를 거지처럼 헤매고 다니는 날뿐이었다.

"이야, 여기서 만나는군."

갑자기 그를 향해 뛰어온 중이 있었다.

"다케조."

"앗!"

얼굴과 모습을 바꾸어서 자신을 누구도 알아보지 못할 것이라고 생각했던 다케조는 자신을 부르는 소리에 깜짝 놀랐다.

"자, 이리 오게."

손목을 잡아끄는 사람은 다쿠안이었다. 그는 다케조를 힘껏 잡아끌며 어딘가로 데리고 가려고 했다.

"해롭게 하지는 않을 테니 어서 오게."

어쩐 일인지 이 사람에게는 반항할 수가 없었다. 다케조는 다쿠안의 뒤를 따라 걸었다. 또다시 나무에 매달리든가, 아니면 이번엔 감옥이겠지.

필시 누나도 성시의 감옥에 갇혀 있을 것이다. 그렇다면 남매가 같은 처지가 된다. 다케조는 어차피 죽을 목숨이라면 차라리 누님과 함께 죽는 것이 낫겠다고 마음속으로 빌었다.

백로성白鷺城이라고도 불리는 히메지 성의 거대한 돌담과 하얀 벽이 눈앞에 보였다. 성의 정면 출입구로 가는 다리를 다쿠안은 뚜벅뚜벅 앞장서서 건너가고 있었다.

징이 박힌 철문 아래에서 햇빛을 받은 창끝이 번쩍이는 것을 보자 다케조도 주저했다.

다쿠안이 손짓하며 말했다.

"빨리 오지 못하겠느냐."

그들은 몇 개의 문을 지나 성안에 있는 해자의 두 번째 문에 도달했다.

아직은 태평하다고 할 수 없는 다이묘의 성이었다. 무사들도 언제든 전투에 나서겠다는 듯 긴장된 모습이었다.

다쿠안은 관리를 불러냈다.

"어이, 데리고 왔네."

그러고는 다케조를 넘겨주면서 다짐을 두었다.

"부탁하네."

"예."

"하지만 조심해야 해. 이놈은 이빨을 뽑지 않은 새끼 사자니까. 아직도 야성적인 기질이 다분하단 말이네. 잘못 건드렸다간 바로 물려고 덤벼들 게야."

제 할 말만 하고 니노마루二の丸(성의 중심 건물 바깥쪽에 있는 성)에서 다이코마루太閤丸(섭정 등이 머무는 중심 성) 쪽으로 안내도 받지 않고 가 버렸다.

다쿠안에게 주의를 들은 탓인지 관리들은 다케조의 몸에 손가락 하나 대지 않고 재촉했다.

"자, 이쪽으로."

잠자코 따라가자 그곳은 목욕탕이었다. 그들은 다케조에게 목욕을 하라고 권했다. 뜻밖의 상황에 다케조는 조금 당혹했다. 게다가 오스기의 계략에 걸렸을 때 목욕하다가 당한 고초를 다케조는 아직도 생생하게 기억하고 있었다.

다케조가 팔짱을 끼고 생각에 잠겨 있을 때 심부름꾼이 검은 목면으로 된 고소데小袖(통소매의 평상복)와 하카마袴(일본 옷의 겉에 입는 주름 잡힌 하의)를 놓고 가며 말했다.

"목욕이 끝나면 옷은 이쪽에 준비해놓았으니 갈아입으시오."

다케조가 돌아보니 거기에는 가이시懷紙(접어서 품에 지니고 다니는 종이)와 부채 같은 크고 작은 일용품들도 놓여 있었다.

2

히메 산姬山의 녹음을 뒤로 하고 덴슈카쿠天守閣(성의 중심부인 아성의 중앙에 3층 또는 5층으로 제일 높게 만든 망루)와 다이코마루가 있는 곳이 백로성의 본성이다.

성주인 이케다 데루마사는 키가 작고 거무스레한 곰보딱지 얼굴에 머리는 박박 밀었다.

사방침에 기대 마당을 내다보며 묻는다.

"다쿠안 스님, 저자인가요?"

"그렇습니다."

옆에 앉아 있는 다쿠안이 고개를 끄덕이며 대답했다.

"과연 남다른 기백이군. 잘 구해주셨소."

"아닙니다. 그를 살린 것은 영주님이십니다."

"그렇지 않아요. 관리들 중에 당신 같은 사람이 있으면 큰 도움이 될 텐데……. 세상을 위해 쓸 만한 사람이 있어도 그저 잡아들이는 것이 관리의 책임이라고 생각하는 자들뿐이니 안타까울 따름이오."

툇마루를 사이에 두고 마당에 다케조가 앉아 있었다. 새 옷을 입고 양손을 무릎에 댄 채 눈을 내리깔고 있었다.

"신멘 다케조라고 했나?"

데루마사가 묻자 다케조는 분명하게 대답했다.

"네!"

"신멘 가는 원래 아카마쓰 일족의 지류다. 그 아카마쓰 마사노리赤松政則가 옛날에는 이 백로성의 주인이었지. 그대가 여기로 온 것도 인연인 듯하구나."

"……."

다케조는 자기가 조상의 이름에 먹칠을 하고 있다고 생각했다. 데루마사에 대해서는 아무 느낌이 없었지만, 조상에 대해서는 머리를 들 수 없는 심정이었다.

"그러나!"

데루마사의 말투가 바뀌었다.

"네가 한 짓은 괘씸하기 짝이 없었다!"

"예."

"엄벌을 내리겠다."

"……."

데루마사는 옆에 있는 다쿠안에게 물었다.

"다쿠안 스님, 가신인 아오키 단자에몬이 내 허락도 구하지 않고 다케조를 사로잡으면 그 처분을 스님께 맡기겠다고 했다는데, 사실이오?"

"단자에몬에게 알아보시면 진위가 밝혀지지 않겠습니까?"

"이미 알아보았소."

"하오면 제가 거짓을 고했다는 말씀이신지요?"

"아니오. 두 사람의 말이 일치하고 있소. 단자에몬은 이 몸의 가신, 그 가신이 약속한 것은 내가 약속한 것과 같지요. 영주라 해도 이 데루마사에게는 다케조를 처리할 권한이 없소. ……다만 이대로 방면하는 것도 곤란하오. ……그러니 앞으로의 처분은 스님께 맡기리다."

"소승도 그럴 작정이었습니다."

"그래, 어떻게 하실 생각이오?"

"다케조에게 고생스러운 벌을 내릴 생각입니다."

"고생스러운 벌이라 함은?"

"이 백로성의 덴슈카쿠에 도깨비가 나온다는 소문 때문에 열지 않는 방이 있지 않습니까?"

"있소."

"아직도 열지 않고 있습니까?"

"일부러 열어볼 일도 없고, 가신들도 꺼려하는 터라 그대로 있을 것이오."

"도쿠가와의 최강자인 쇼뉴사이 데루마사 님의 거처에 빛이 들지 않는 방이 하나라도 있다는 것은 위신에 관계된다고 생각하지 않으십니까?"

"그런 생각은 해본 적이 없소."

"그러나 영주님의 백성들은 그런 것으로도 영주님의 위신을 생각하는 법이지요. 그곳에 빛을 들이십시오."

"흠."

"덴슈카쿠의 그 방을 빌려서 소승이 용서가 될 때까지 다케조를 유폐시키려고 합니다. ……다케조는 그리 알고 있거라."

다쿠안은 다케조를 돌아보며 덧붙였다.

"하하하, 좋소이다."

데루마사는 시원하게 웃으며 허락했다.

언젠가 싯포 사에서 메기수염인 아오키 단자에몬에게 다쿠안이 한 말은 거짓이 아니었다. 데루마사와 다쿠안은 선禪의 지기였다.

“나중에 다실로 오지 않으려오?”

“또 서툰 차 솜씨를 부리시려고요?”

“그런 소리 마시오. 요즘엔 차를 타는 솜씨가 꽤 늘었소이다. 데루마사가 칼만 쓸 줄 아는 자가 아니라는 것을 오늘은 똑똑히 보여드리리다. 기다리고 있겠소.”

데루마사는 먼저 일어나서 안으로 사라졌다. 5척도 되지 않는 단신의 작은 뒷모습이 백로성을 가득 채우고 있는 것처럼 크게 보였다.

3

캄캄하다. 열지 않는 방이라는 덴슈카쿠의 높은 곳에 있는 방이다.

이곳에는 달력이라는 것이 없다. 봄도 가을도 없다. 또 그 어떤 생활의 잡음도 들려오지 않는다.

다만 하나의 등불과 그 등불이 비추는 다케조의 창백하고 홀쭉한 뺨의 그림자가 있을 뿐이다.

지금이 혹한의 한겨울인지 검은 천장의 들보와 마루는 얼음처럼 차가웠고, 다케조가 내뿜는 입김은 불빛에 하얗게 보인다.

손자 왈

지형유통자地形有通者

유괘자有挂者

유지자有支者

유애자有隘者

유험자有險者

유원자有遠者

※지형에는 통(통하는 곳), 괘(걸린 곳), 지(유지되는 곳), 애(좁은 곳), 험(험한 곳), 원(먼 곳)이 있다.

《손자병법》의 〈지형편〉이 책상 위에 펼쳐져 있었다. 다케조는 마음에 드는 문장을 만나면 소리를 높여 몇 번이고 되풀이해서 읽었다.

고로

용병을 아는 장수는 병사를 움직임에 망설임이 없고

군사를 일으키되 궁지에 몰리지 않는다.

고로 말하길

적을 알고 나를 알면

승리가 위태롭지 아니하고,

하늘을 알고 땅을 알면

완전한 승리를 거둘 수 있을 것이다.

눈이 피로하면 물이 가득 담긴 그릇을 가져와 눈을 씻었다. 등잔에 기름이 모자라면 심지 끝을 잘랐다.

책상 옆에는 아직도 책이 산처럼 쌓여 있었다. 일본 책이 있고, 중국 책이 있다. 또 그중에는 선에 관한 책도 있고, 역사에 관한 책도 있다. 그는 책에 파묻혀 있다고 해도 과언이 아니었다.

이 책들은 모두 성의 서고에서 빌려온 것이다. 그가 다쿠안에게 유폐를 당해 덴슈카쿠의 이 방에 갇힐 때 다쿠안이 말했다.

"책은 얼마든지 봐도 좋다. 옛날 명승들은 장서각에 들어가 만 권의 책을 읽으면서 그곳을 나올 때마다 조금씩 마음의 눈을 떴다고 한다. 너도 이 암흑의 방을 어머니의 뱃속이라 여기고, 세상에 나올 준비를 해두거라. 육안으로 보면 이곳은 그냥 어둡고 밀폐된 방이지만 잘 보고, 잘 생각하면 이곳에는 동서고금의 성현들이 문화에 바친 광명으로 가득 차 있다. 이곳을 암흑의 방으로 삼아 사는 것도, 광명이 비치는 방으로 삼아 사는 것도 오로지 너의 마음에 달려 있느니라."

그리고 다쿠안은 훌쩍 떠났다.

그 후 세월이 얼마나 흘렀을까?

추워지면 겨울이 왔다는 것을 알고, 따뜻해지면 봄이 되었다는 것을 알 뿐 다케조는 완전히 세월을 잊고 지냈다. 그런데 이

번에 덴슈카쿠의 추녀 밑에 있는 둥지로 제비가 돌아올 무렵이 되면 확실히 세 번째 봄이 된다.

"나도 스물하나가 되는구나."

그는 자신을 되돌아보며 침통하게 중얼거렸다.

"스물한 살이나 먹도록 난 뭘 했단 말인가?"

참회에 젖어 미동도 하지 않고 번민하며 하루를 보내는 날도 있었다.

"지지배배, 지지배배……."

덴슈카쿠의 추녀 밑에서 제비의 울음소리가 들리기 시작했다. 그렇게 3년째 맞이하는 봄의 어느 날 다쿠안이 불쑥 나타났다.

"다케조, 잘 있었느냐?"

"아……."

다케조는 그리움에 그의 소맷자락을 붙잡았다.

"지금 막 여행에서 돌아오는 길이다. 꼭 3년 만이구나. 너도 이제 어머니의 뱃속에서 뼈가 꽤 여물었지 싶은데."

"높으신 은혜, 뭐라고 감사의 인사를 드려야 할지 모르겠습니다."

"인사라고? 하하하, 네가 이제 제법 사람답게 말하는 법도 배웠구나. 그럼, 오늘은 밖으로 나가자. 광명을 가슴 가득 안고 세상으로, 사람들 속으로."

4

다케조는 3년 만에 덴슈카쿠를 나와 다시 성주인 데루마사 앞에 서게 되었다.

3년 전에는 마당에 꿇어앉았지만, 오늘은 다이코마루의 넓은 마루에 앉았다.

“어떤가, 우리 가문에 봉공할 생각은 없는가?”

데루마사가 물었다.

다케조는 예를 올리고, 과분한 말씀이오나 지금은 주인을 섬길 의사가 없다고 대답하고 말을 이었다.

“만약 제가 이 성에 머무르게 되면 덴슈카쿠의 열지 않는 방에는 소문처럼 밤이면 밤마다 도깨비가 나타날지도 모릅니다.”

“왜 그렇게 생각하나?”

“저 덴슈카쿠의 내부를 등불로 비춰 보면 들보나 판자문에 점점이 옻칠을 한 것처럼 검은 것이 달라붙어 있습니다. 자세히 보니 그것은 모두 사람의 피였습니다. 이 성을 빼앗긴 아카마쓰 일족의 덧없는 최후의 핏방울일지도 모릅니다.”

“음, 그럴 수도 있지.”

“저는 머리털이 곤두서고, 뭐라 말할 수 없는 분노로 피가 들끓었습니다. 이곳 주고쿠에서 패권을 잡은 아카마쓰 일족이 어떻게 되었습니까? 전쟁에 패해 그해 가을바람을 따라가듯 덧없이 멸망하고 말았습니다. 그러나 그 피는 모습만 달리하여 자손들의 몸속에서 아직도 흐르고 있습니다. 불초, 신멘 다케조도 그 중 한 사람입니다. 그러니 제가 이 성에서 살면 열지 않는 방에서 망령들이 떨치고 일어나 난을 일으키지 않는다고 누가 보장하겠습니까? 난을 일으켜서 아카마쓰의 자손이 이 성을 되찾게 되면 또 다른 망령의 방이 늘어날 뿐입니다. 살육의 윤회가 되풀이될 뿐이죠. 평화롭게 살고 있는 성의 백성들에게 면목이 없을 듯합니다."

"과연, 그렇겠군."

데루마사는 고개를 끄덕였다.

"그럼, 다시 미야모토 마을로 돌아가서 고시로 삶을 마감할 생각인가?"

다케조는 말없이 미소를 지었다. 그리고 잠시 후에 다시 입을 열었다.

"유랑을 할 생각입니다."

"그래?"

데루마사는 다쿠안 쪽으로 고개를 돌리며 말했다.

"이 사람에게 옷과 노자를 주시게."

"높으신 은혜에 저도 감사의 예를 올립니다."

"스님께 이렇듯 격의 있는 인사를 받기는 처음이구려."

"하하하, 그럴지도 모르죠."

"젊었을 때는 유랑하는 것도 좋지. 그러나 어디를 가든 태어나서 자란 고향을 잊지 않도록 앞으로는 성도 미야모토라고 하는 것이 좋겠군. 미야모토라고 하게, 미야모토라고."

"네."

다케조는 양손을 마룻바닥에 대고 머리를 조아리면서 대답했다.

"그렇게 하겠습니다."

다쿠안이 옆에서 거들었다.

"이름도 다케조보다는 무사시武蔵라고 부르는 게 좋을 듯하구나. 암흑의 방이라는 뱃속에서 오늘이야말로 광명의 세상으로 새롭게 태어난 첫 날. 모든 것을 새롭게 하는 것이 좋겠다."

"옳지, 옳아!"

데루마사는 더욱 기분이 좋아졌다.

"미야모토 무사시라, 좋은 이름이다. 축하해주어야겠군. 여봐라, 술을 내오너라."

시종에게 이르고 자리를 옮겼다. 다쿠안과 무사시는 밤이 이슥해지도록 술잔을 기울였다. 다쿠안은 다른 가신들도 많이 모인 자리에서 원숭이 춤 같은 것을 추기도 했다. 취하면 취할수록 바로 그 자리를 유쾌한 분위기로 만들어버리는 다쿠안의 익살스런 모습을 무사시는 공손히 바라보고 있었다.

두 사람이 백로성을 나온 것은 그 이튿날이었다.

다쿠안도 이제부터 행운유수行雲流水의 여행길에 나서니 당분간은 헤어져 있을 것이라고 했고, 무사시 또한 오늘을 첫걸음으로 하여 인간 수행과 검술 단련의 여행길에 오르고 싶다고 했다.

"그럼, 여기서……."

성시까지 와서 무사시가 작별 인사를 하자 다쿠안이 소매를 잡으며 말했다.

"무사시, 너에게는 아직 보고 싶은 사람이 있지 않느냐?"

"……? 누구 말입니까?"

"오긴 님 말이다."

"네? 누님이 아직 살아 계신단 말씀입니까?"

몽매간에도 잊을 수 없던 누이였다. 무사시는 자신의 눈이 금방 흐려지는 것을 느꼈다.

하나다 다리

1

다쿠안의 말에 따르면 3년 전 무사시가 히나구라의 검문소를 습격했을 때 오긴은 이미 그곳에 없었기 때문에 아무런 문책도 받지 않았고, 그 후에는 이런저런 사정도 있고 해서 미야모토 마을로는 돌아가지 않았지만 사요고의 친척집에서 무사히 지내고 있다는 것이었다.

"보고 싶겠지."

다쿠안이 말했다.

"오긴 님도 보고 싶어 했지만 내가 기다리라고 했다. 동생은 죽었다고 생각하고, 아니 죽은 걸로 생각하고, 3년이 지나면 이전의 다케조와는 다른 동생을 데리고 오겠다고 말이야."

"그럼, 저뿐만이 아니라 누님까지 구해주셨단 말씀입니까? 대자대비하신 은덕을 어찌 다 갚을지……."

무사시는 가슴 앞에서 합장을 했다.

"자, 날 따라오너라."

다쿠안이 재촉하자 무사시는 의연하게 말했다.

"아니, 이제 만난 것이나 다름없습니다. 만나지 않겠습니다."

"왜?"

"한 번 죽었다가 다시 태어나서 어렵게 수련의 첫 발을 내딛고자 마음을 단단히 먹고 떠나려던 차에……."

"아아, 알겠다."

"여러 말씀 드리지 않더라도 제 심정을 헤아려주십시오."

"좋아. 그렇게까지 마음을 먹었다니. 그럼, 뜻대로 해야지."

"이만 떠나겠습니다. ……목숨이 붙어 있으면 언젠가는 또 뵙겠죠."

"음. 나도 떠다니는 구름이요 흐르는 물. ……인연이 닿으면 또 만나겠지."

다쿠안은 구애됨이 없는 사람이다.

길을 떠나려다가 문득 생각난 듯 말했다.

"참, 그렇지. 주의를 주고 싶은 게 있다. 혼이덴 가의 노파와 곤숙부가 오쓰와 널 죽이기 전에는 고향 땅을 밟지 않겠다고 선언하고 길을 떠났다더구나. 번거로운 일이 생길지도 모르니 상대하지 않는 게 좋아. 또 메기수염의 아오키 단자에몬도 내가 말한 탓인지는 모르지만, 이런저런 평판이 좋지 못해서 주군으로

부터 쫓겨나 영원한 방랑객이 되었다고 하더구나. 그자가 너의 수련 길에 혹여 해를 끼칠지도 모르니 매사에 조심하며 다니도록 해라."

"네."

"할 말은 이제 다 했다. 그럼, 조심해서 가거라."

말을 마치고 다쿠안은 서쪽으로 걸음을 옮겼다.

"……살펴 가십시오."

그의 등에 대고 말하고 무사시는 다쿠안의 모습이 사라질 때까지 길가에서 바라보다가 동쪽으로 걷기 시작했다.

고검孤劍!

기댈 것은 오로지 이 한 자루의 검밖에 없다.

무사시는 검을 잡으며 생각했다.

'이 검에 나의 인생을 걸어보자. 이 검을 나의 영혼으로 삼아 늘 갈고닦으며 나라는 인간을 어느 수준까지 높일 수 있는지 해보는 것이다! 다쿠안 스님은 선으로 스스로를 연마하지만, 나는 검을 길로 삼아 그를 넘어서야만 한다.'

청춘, 스물하나, 아직 늦지 않았다.

그의 발걸음에는 힘이 있었다. 눈동자에는 젊음과 희망이 빛나고 있었다. 그는 이따금 삿갓 가장자리를 밀어 올리고 끝을 알 수 없는, 그리고 예측할 수 없는 인생의 긴 여정을 활기에 찬 눈으로 바라보았다.

그런데 히메지 성시를 떠나 얼마 지나지 않았을 때였다. 하나다 다리를 건너려는데 다리 옆에서 달려온 여자가 그의 소매를 잡았다.

"당신 맞죠?"

오쓰였다.

"어?"

그녀는 놀라는 그를 원망스러운 듯 쳐다보며 말했다.

"다케조 님, 설마 이 다리의 이름을 잊은 건 아니겠죠? 당신이 올 때까지 백 날이든 천 날이든 여기서 기다리고 있겠다고 한 제 말은 잊었다 해도……."

"그럼, 그대는 3년 전부터 여기서 계속 기다리고 있었다는 말인가?"

"기다리고 있었어요. ……혼이덴 가의 할멈에게 습격을 받고 한번은 죽을 뻔했지만, 겨우 목숨을 건지고 당신과 나카 산의 고개에서 헤어진 후 스무 날쯤 되고 나서부터 오늘까지 쭉……."

오쓰는 다리 옆으로 보이는 길가의 토산품 죽세공 가게를 손가락으로 가리키며 말을 이었다.

"저 집에 사정 얘기를 하고 허드렛일을 해주면서 당신이 오기를 기다리고 있었어요. 오늘이 꼭 970일째예요. 약속대로 앞으로는 저도 함께 데려가 주시는 거죠?"

2

너무나 간절히 보고 싶어서 발걸음이 떨어지지 않던 누이조차 실은 두 눈 질끈 감고 만나기를 거부한 채 발길을 재촉한 무사시였다.

'뭐라고?'

무사시는 벌컥 성이 나서 속으로 자신에게 말했다.

'수련 길에 어찌 여자를 데리고 갈 수 있단 말인가.'

더구나 이 여자는 잠시 동안이지만 혼이덴 마타하치의 약혼녀였다. 오스기 노파의 말에 따르면 남편은 없어도 '자기 집 며느리'인 오쓰가 아닌가.

무사시는 자신의 얼굴에 불쾌한 기색이 번지는 것을 어쩔 수가 없었다.

"데리고 가 달라니, 어디로?"

무사시는 퉁명스럽게 말했다.

"당신이 가는 곳이요."

"내가 가는 길은 고난의 길이야. 한가하게 놀러 다니는 게 아니란 말이야."

"알고 있습니다. 당신이 수련하는 데 방해가 되지는 않을게요. 어떤 고난이든 감수하겠어요."

"여자를 데리고 다니며 수련을 하는 무사가 어디 있어? 쓸데없는 말 말고 그만 손을 놓아줘."

"안 돼요."

오쓰는 더욱 강하게 그의 소매를 잡았다.

"그럼, 당신은 저를 속인 건가요?"

"내가 언제 그대를 속였단 말이야?"

"나카 산의 고개에서 약속하지 않았나요?"

"음……. 그때는 비몽사몽간이었어. 내 의지로 한 말이 아니라 그쪽 말에 마음이 급해서 그냥 대답했을 뿐이야."

"아니에요! 그럴 리가 없어요! 그렇게 말하지 마세요."

오쓰는 대들 듯이 다가와서 무사시의 몸을 하나다 다리의 난간으로 밀어붙였다.

"천 년 묵은 삼나무 위에서 제가 당신을 묶고 있던 밧줄을 끊어주었을 때도 분명히 그렇게 말했어요. 함께 도망가지 않겠냐고요."

"떨어져. 누가 봐."

"보면 어때서요. 그때 제가 구해줘도 되겠냐고 물었더니 당신은 환희에 찬 목소리로 어서 이 밧줄을 끊어달라고 두 번이나 소리치지 않았나요?"

이성적으로 따지고 있었지만 눈물로 가득한 그녀의 눈은 오로지 정열로 불타고 있었다.

무사시는 도리 상으로도 반박할 말이 없었고, 정열적인 그녀의 눈빛을 보고는 더더욱 안타까운 마음이 들어서 자신의 눈시울조차 뜨거워지는 것을 느꼈다.

"이거 놔……. 벌건 대낮에 이게 무슨 짓이야? 오가는 사람들이 쳐다보잖아."

"……."

오쓰는 순순히 소매를 놓았다. 그리고 다리 난간에 엎드려 훌쩍훌쩍 울기 시작했다.

"……미안해요. 쓸데없는 말을 했네요. 마치 생색을 내듯…… 지금 한 말은 잊어주세요."

"오쓰."

난간에 엎드려 있는 그녀의 얼굴을 내려다보며 무사시는 말했다.

"사실, 난 오늘까지 구백 수십 여 일을, 그러니까 그대가 나를 여기서 기다리고 있는 동안 저 백로성의 덴슈카쿠 안에서 햇빛도 보지 못한 채 틀어박혀 있었어."

"알고 있었습니다."

"뭐? 알고 있었다고?"

"예, 다쿠안 스님께 들었어요."

"그럼, 그 스님이 그대에게 다 얘기했단 말인가?"

"미카즈키 찻집 아래에 있는 대나무 골짜기에서 정신을 잃고 있는 저를 구해주신 것도 다쿠안 스님이었어요. 저기 토산물 가게에서 일할 수 있게 해주신 것도 다쿠안 스님이고요. 그리고 남녀 간의 일이니 이제부터 난 모른다고 수수께끼 같은 말씀을 하시며 어제도 가게에서 차를 마시고 가셨어요."

"아아, 그렇게 된 거였군……."

무사시는 서쪽 길을 돌아보았다. 이제 막 헤어진 사람, 언제 또 만날 날이 있을지.

그는 새삼스럽게 다쿠안의 큰 사랑을 다시 한 번 느꼈다. 자기에게만 베푼 호의라고 생각했던 것은 자신의 그릇이 작았기 때문이다. 누이뿐만 아니라 오쓰에게도, 또 그 누구에게도 그 큰 손길은 평등하게 미치고 있었던 것이다.

3

'남녀 간의 일이니 이제부터 난 모른다.'

다쿠안이 그렇게 말하고 떠났다는 말을 듣자 무사시는 마음의 준비가 되기도 전에 갑자기 무거운 짐을 짊어진 듯한 기분이 들었다.

900일, 열지 않는 방에서 눈이 시릴 정도로 읽은 방대한 책 속에서도 이런 인륜대사는 한 줄도 보지 못했다. 다쿠안도 남녀 간의 문제만은 자기가 관여할 일이 아니라며 도망갔다.

'남녀 간의 일은 당사자들이 해결해야 한다.'

그런 암시일까?

'그 정도 일은 스스로 판단해도 된다.'

아니면 그렇게 자기에게 던진 시금석일까?

무사시는 다리 밑으로 흐르는 물을 물끄러미 내려다보면서 생각에 잠겼다.

그런데 이번에는 오쓰가 그의 얼굴을 들여다보면서 매달렸다.

"괜찮죠? 예? 가게에서는 언제든지 떠날 수 있게 해주겠다고 약속했으니까, 사정 이야기를 하면 금방 준비하고 올 수 있어요. 기다려주세요."

"제발 부탁할게!"

무사시는 오쓰의 하얀 손을 잡아 다리 난간에 대고 누르며 말했다.

"다시 한 번 생각해줘."

"어떻게요?"

"처음에도 말했지만 난 어둠 속에서 3년 동안 책을 읽고, 온갖 고민과 생각을 거듭한 끝에 겨우 인간이 가야 할 길을 깨닫고 이렇게 다시 태어나서 이제 막 밖으로 나왔을 뿐이야. 이제부터가 미야모토 다케조, 아니 이름도 무사시로 바꾼 나에게는 소중한 하루하루가 될 거야. 수련 외에는 아무 생각이 없어. 그런 인간과 함께 길고 험난한 길을 간다는 것은 그대에게도 결코 행복한 일은 아닐 거야."

"그런 말을 들을수록 제 마음은 당신한테 더 끌리는군요. 저는 이 세상에서 단 한 명의 진정한 사내를 찾았다고 생각하고 있어요."

"무슨 말을 해도 데리고 갈 수 없어."

"그럼 저는 어디까지라도 따라가겠어요. 수련에 방해만 되지 않으면 되는 거죠? ……네, 그렇죠?"

"……."

"절대로 방해가 되지 않도록 할 테니까……."

"……."

"알겠죠? 말없이 가 버리면 화낼 거예요. 금방 돌아올 테니까, 여기서 기다려주세요."

그렇게 자문자답하고 오쓰는 부리나케 다리 옆의 바구니 세공 가게 쪽으로 달려갔다.

무사시는 그 틈을 타서 눈 딱 감고 반대쪽으로 사라져버리려고 했다. 그러나 생각만 저 혼자 움직였을 뿐, 다리는 못이 박힌 듯 꼼짝도 하지 않았다.

"가시면 안 돼요."

오쓰가 돌아보면서 다짐을 두듯 말했다. 그 하얀 보조개에 무사시는 무심코 고개를 끄덕여 보였다. 그녀는 무사시의 마음을 알아차리고 이제 안심이라는 듯 가게 안으로 사라졌다.

지금이야. 떠날 거면.

무사시의 마음이 그를 재촉했다.

그러나 그의 눈에 아로새겨진 방금 전 그녀의 하얀 미소가, 애절하고도 사랑스러운 눈동자가, 그의 몸을 묶어놓은 듯 꼼짝도 할 수 없었다.

애처로웠다. 저렇게까지 자신을 흠모해주는 사람이 누이 말고 세상천지에 또 있으리라곤 생각조차 할 수 없었다.

게다가 그녀가 결코 싫지 않았다.

하늘을 바라보고 물을 내려다보며 무사시는 깊은 고민에 휩싸여 다리 난간을 붙잡고 있었다. 망설이고 있었다.

그리고 잠시 후 무엇을 하고 있는지 그가 붙잡고 있는 난간에서 하얀 나무 부스러기가 폴폴 떨어져 내리더니 흐르는 물에 떠내려갔다.

오쓰는 연노란 각반에 새 짚신을 신고 이치메가사市女笠(한가운데를 상투처럼 올리고 옻칠을 한 여자용 삿갓)의 붉은 끈을 턱에 매고 나타났다. 오쓰의 얼굴에 잘 어울리는 모습이다.

그런데…….

무사시가 보이지 않았다.

"어마?"

그녀는 불안에 떠는 목소리로 울먹이며 소리쳤다.

아까 무사시가 서 있던 곳에는 나무 부스러기만이 여기저기 떨어져 있었다. 문득 난간 위를 보니 작은 칼로 판 글자의 자국이 하얗게 남아 있었다.

용서해줘.

용서해줘.

(2권으로 이어집니다)

부록

세키가하라 전투 전후의 일본 정세

1600년 음력 9월 15일에 벌어진 세키가하라 전투는 불과 한나절 만에 일본의 패권이 도쿠가와 이에야스德川家康 쪽으로 완전히 넘어가는 결정적인 계기가 되었다.

도요토미 히데요시豊臣秀吉의 뒤를 이어 일본을 장악한 것은 도쿠가와 이에야스였다.

이에야스는 오다 노부나가織田信長가 일본의 패권을 장악했을 때는 그 아래에서 충신임을 자처하며, 도요토미 히데요시가 정권을 잡았을 때는 그의 정책에 적극 협력하는 척하며 자신의 세력 기반을 다져 나갔다.

1590년 호조北條 씨가 멸망한 후 간토關東 지역으로 옮겨 250만 석의 영지를 지배한 이에야스는 히데요시의 조선 침략(임진왜란) 때 병사들을 출병시키지 않는 묘수를 발휘하여 축적

한 힘으로 히데요시 정권을 몰아내고 일본의 패권을 장악하는 기반을 다진다.

히데요시의 사후에는 히데요시가 자신이 죽은 후 아들을 보좌하라고 조직한 5부교五奉行와 5다이로五大老 중 5다이로의 선두로서 다이묘들의 대립을 이용하여 후시미伏見 성을 거점으로 정권을 장악해 나갔다.

그러나 이에야스의 야망을 경계한 5부교 중 한 명인 이시다 미쓰나리石田三成가 결국 이에야스를 제거하기 위해 다른 4부교와 짜고 모리 데루모토毛利輝元를 맹주로 하여 군사를 일으켰다. 이것이 세키가하라 전투가 벌어지게 된 직접적인 원인이다.

1600년 7월 24일, 시모쓰케下野 오야마小山에서 미쓰나리의 거병 소식을 들은 이에야스는 군사를 돌려 9월 13일에 기후岐阜에 도착했고, 14일의 작전회의에서 동군(이에야스 쪽)의 주력은 미쓰나리의 본성인 사와야마佐和山 성을 공략하고 오사카大阪로 가기로 결정했다.

이 정보를 탐지한 서군(미쓰나리 쪽)은 이를 저지하기 위해 14일 밤에 주력을 세키가하라로 보냈고, 이튿날인 15일 오전 7시를 지나 동군과 서군이 전투를 개시했다(동군은 처음엔 8만 2,000명의 병력이었으나 나중에 서군에서 배반한 2만 2,000명의 병력이 가세하여 10만 4,000명으로 늘어났고, 반대로 서군은 처음엔 10만 4,000명이었으나 8만 2,000명으로 줄었다). 전황은 일진일퇴를 거듭했지만, 미리 내응하기로 약속한 고바야카와 히데아키小早川秀秋가 배반하여 서군 쪽으로 창을 돌린 것을 계기로 오후 2시경 동군의 승리로 끝났다.

세키가하라에서 승리를 거둔 이에야스는 전후 처리로서 서군에 가담한 다이묘들을 개역 · 감봉하고, 몰수지 620만 석의 영지를 재분배하여 에도 시대 다이묘 배치의 원형을 완성했다. 이로써 이에야스는 전국에 대한 지배권을 장악하게 되었다.

이에야스는 1603년 모든 다이묘에 대한 지휘권의 정통성을 확보하기 위해 세이이타이쇼군征夷大將軍에 올라 에도 막부를 개창했는데, 2년 뒤에는 그 지위를 아들 히데타다秀忠에게 물려주었다. 이로써 이후 쇼군 직은 도쿠가와 가문에 세습되었으며, 이에야스는 오고쇼大御所로서 막부를 지휘하게 되었다.

하지만 도요토미 가문은 이후로도 오사카 성을 중심으로 아들 히데요리가 여전히 명맥을 유지하고 있었다. 이는 도요토미

〈세키가하라 전투 병풍도〉

쪽에 가담했다가 패잔병으로 내몰린 다이묘와 낭인들에게는 일말의 희망을, 도쿠가와 쪽에는 등 뒤에 아직도 적이 도사리고 있다는 찜찜한 불안감을 안겨주며 사회적인 갈등의 원인이 되고 있을 뿐만 아니라 도쿠가와 가문이 정책을 펼치는 데 있어서 분명 방해가 되는 요소였다.

이에 도쿠가와 가문은 도요토미 히데요시가 생전에 호코 사方廣寺를 축조하며 종명鐘銘에 새겨 넣은 내용에 이에야스의 권위를 무시한 글귀가 있다는 것을 이유로 1614년과 1615년에 걸쳐 오사카 겨울 전투와 오사카 여름 전투를 일으켜서 도요토미 가문을 완전히 궤멸시키고 명실상부한 도쿠가와 가문의 통치 체제를 확립하여 1868년 메이지明治 유신이 일어나 에도 막부가 멸망할 때까지 260여 년에 걸쳐 권력을 이어갔다.

에도 시대의 무사 계급

에도 시대 일본의 무사는 쇼군이나 다이묘와 같은 정치적인 수장과 충성관계를 맺고 있으면서 관료제 기구를 통해 입법, 행정, 사법, 군사의 권한을 독점했다는 점에서 조선시대의 양반과 비교될 수 있는 존재였다.

일본 중세시대의 신분 제도 역시 사농공상士農工商으로 엄격하게 구분되어 있었는데, 조선시대의 사士는 흔히 양반이라 하는 문사文士였고 일본 에도 시대의 사는 무사武士였다. 다시 말해서 조선의 사는 지식인이었으나 일본의 사는 전투원이었다. 하지만 둘 다 위정자로서의 성격을 지니고 있었다.

그러나 조선시대의 양반이 과거 제도를 통해 등용되었던 것에 비해 일본의 무사는 가문에 따라 등용되고 또는 다이묘의 추천이나 발탁에 의해 무사라는 직책으로 정치에 참여하는 것이 관례였다.

일본의 무사는 서민과 엄격하게 구별되며 성姓을 사용할 수 있는 묘지名字의 특권과 두 자루의 검을 찰 수 있는 다이토帯刀의 특권, 서민을 즉석에서 응징할 수 있는 기리스테고멘切捨御免의 특권이 있었다.

서민 중에도 사적으로 묘지를 사용하는 경우도 있었지만, 공적으로 묘지를 사용하는 것은 엄격하게 금지되어 있었다.

다이토는 무사의 신분을 사회적으로 공시하기 위한 외적 표시인데 무사는 가타나刀(혹은 다치太刀)라고 하는 긴 칼과 와키자시脇差라고 하는 짧은 칼을 차고 다녔다. 서민은 막부의 다이토 금지령에 의해 칼을 차는 것이 금지되었다.

무사가 가진 가장 강력한 특권은 기리스테고멘인데 무사가 임의로 서민을 처벌할 수 있는 권한, 즉 무사에게 부여된 사적 형벌권이다. 이는 무사 개개인이 보유하고 있던 지배자로서의 징벌권에 근거한 것이었지만, 에도 시대에 들어오면서 막부는 이것을 신분 질서를 유지하기 위한 무사 신분의 방위권으로 제한했다.

무사들 사이에도 복잡한 서열과 차별이 있었다. 본래 말을 타고 전장에 나가는 자를 무사라 했으나 센고쿠 시대에 보병의 중요성이 대두되면서 이런 기준은 희미해졌다. 막부의 군역에 따르면 대개 300석 이상의 무사는 말을 타고 출진하도록 되어 있었다.

무사 중에서도 최하급 무사인 아시가루足軽(최하급 무사)와 무사의 하인인 주겐中間(무사의 하인)은 게이하이輕輩라 해서 천시하며 일반 무사와 엄정하게 차별했다. 아시가루가 길을 가다 무사를 만나면 비가 와도 신발을 벗고 길바닥에 머리를 대고 엎드려 인사를 해야 할 정도였다. 경제력과 교육 정도도 달랐고 서로 혼인도 하지 않았다.

게이하이 중에서도 아시가루와 주겐은 구별되었다. 아시가루는 전투원이었고 묘지를 사용할 수 있었으며 다이토가 허용되었다. 그러나 주겐은 무가 사회의 구성원이긴 하나 잡일에 종사하는 자로서 무사 신분으로 구분할 수 없는 존재였다.

무사는 또 주군을 직접 알현할 수 있는 오메미에御目見와 주군을 알현할 수 없는 그 이하의 존재로도 차별을 두었고, 막부에서는 하타모토旗本(쇼군에 직속된 무사로서 쇼군을 만날 자격이 주어졌다)와 고케닌御家人(쇼군 직속의 하급 무사)의 구별이 엄정하였다. 상급 하타모토의 경우 쇼군으로부터 영지를 받았고, 고케닌은 현물로 봉록을 받았다. 오메미에 이상의 존재 중에서도 조정에서 부여하는 관위와 영지의 생산량, 수행하는 직분에 따라 서열이 매겨졌다. 오메미에 이하도 직분과 봉록의 차이에 따라 서열이 매겨졌다.

지방의 영주인 다이묘를 섬기는 무사는 가신家臣 또는 가추家中라고 했고, 무사가 종자로 거느리는 자는 와카토若党, 주겐이라고 했다.

고시鄕士란 농촌에 토착해서 사는 무인, 또는 토착 농민으로 무인 대우를 받는 사람이다. 아시가루 층의 일부를 성시에서 떨어진 지역에 집단으로 거주하게 하며 그곳의 방위를 담당하게 하면서, 또 원래 무사의 신분이었다는 유서를 가진 상층 농민에 대해 다이묘가 무사에 준하는 신분과 격식을 부여해서 말단 행정 직원으로 써먹으면서 이들을 고시라 불렀다.

그 외에도 원래 농민이나 상인의 신분이었으나 기부를 하여 다이묘의 재정에 크게 기여한 자에게 다이묘가 특별히 무사의 표식인 묘지와 다이토의 특권을 부여하기도 했다.

그림으로 보는 《미야모토 무사시》

고소데小袖 : 통소매의 평상복.

하오리羽織 : 일본 옷의 위에 입는 짧은 겉옷.

하카마袴 : 일본 옷의 겉에 입는 주름 잡힌 하의.

노바카마野袴 : 옷자락에 넓은 단을 댄 여행용 하카마.

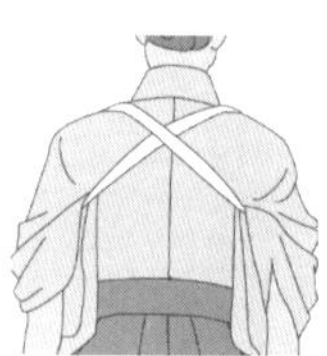

다스키襷 : 양어깨에서 양겨드랑이에 걸쳐 X자 모양으로 엇매어 일본 옷의 옷소매를 걷어 매는 끈.

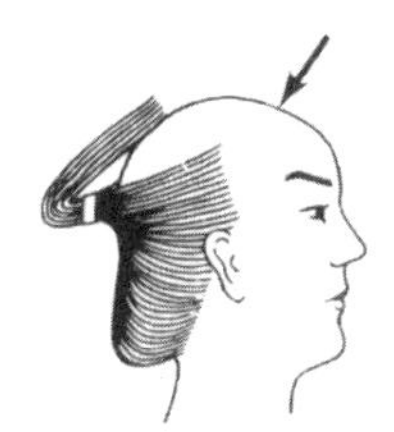

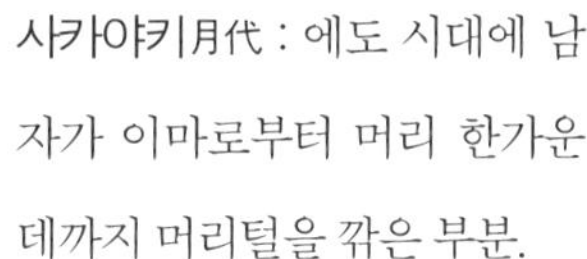

사카야키月代 : 에도 시대에 남자가 이마로부터 머리 한가운데까지 머리털을 깎은 부분.

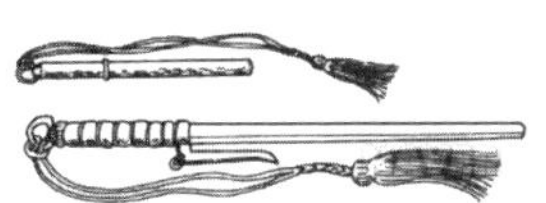

짓테十手 : 에도 시대에 포리가 방어, 타격을 위해 휴대하던 도구.

쇄겸鎖鎌 : 낫과 추가 달린 쇠사슬로 이루어진 무기.

노다치野太刀 : 일본도 중에서 칼날이 가장 긴 칼.

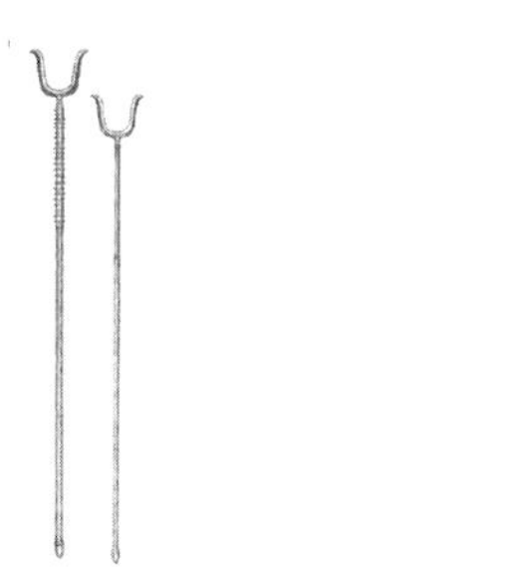

사스마타刺叉 : 긴 막대 끝에 U자 모양의 쇠를 꽂은 무기. 에도 시대에 범인이나 난동을 부리는 자의 목이나 팔다리를 눌러 잡는 데 썼음.

요시카와 에이지 대하소설

미야모토 무사시 | 1 | 땅의 권

1판 1쇄 인쇄 2019년 11월 15일
1판 1쇄 발행 2019년 11월 21일

지은이 | 요시카와 에이지
옮긴이 | 김대환
펴낸이 | 김대환
펴낸곳 | 도서출판 잇북

책임디자인 | 한나영
인쇄 | 에이치와이프린팅

주소 | (10893) 경기도 파주시 와석순환로 347, 212-1003
전화 | 031)948-4284
팩스 | 031)624-8875
이메일 | itbook1@gmail.com
블로그 | http://blog.naver.com/ousama99
등록 | 2008. 2. 26 제406-2008-000012호

ISBN 979-11-85370-26-2 04830
ISBN 979-11-85370-25-5(세트)

※값은 뒤표지에 있습니다. 잘못 만든 책은 교환해드립니다.

이 도서의 국립중앙도서관 출판예정도서목록(CIP)은 서지정보유통지원시스템 홈페이지(http://seoji.nl.go.kr)와 국가자료종합목록 구축시스템(http://kolis-net.nl.go.kr)에서 이용하실 수 있습니다. (CIP제어번호 : CIP2019044415)